tredition®

www.tredition.de

AF202314

Diethard Friedrich

Reisen mit dem Traktor

Mit einem Fordson durch Deutschland, nach Ost-England, zum Großglockner und nach Wien, dampfgetriebene Vehikel.

www.tredition.de

© 2018 Diethard Dr. Friedrich

Verlag: tredition GmbH, Hamburg

ISBN
Paperback: 978-3-7439-8578-0
Hardcover: 978-3-7439-8579-7
e-Book: 978-3-7439-8580-3

Printed in Germany

Inhaltsverzeichnis

Ein Traktor kommt ins Haus

Verrückte Ideen soll ich schon als Schüler gehabt haben. Daran hat sich wohl nichts geändert. Als ich mit 62 Jahren in meiner Stadt einen circa 38 jährigen Mann mit einem offenen Traktor mit Vollgas bei strömendem Regen trotz aller Widernisse fröhlich lächelnd über die Kreuzung donnern sah, schlug es bei mir wie ein Blitz ein: Das ist es. Nicht der Luxus, das leise Surren eines BMW Sechszylinders, den ich schon hatte, nicht die mollige Wärme der Sitzheizung, nicht das automatische Wischen des durch einen Regensensor gesteuerten Scheibenwischers.

Doch erst einmal musste dieser Blitzgedanke reifen. So vergingen viele Wochen und Monate. Mehr und mehr achtete ich dann doch auf die Schlepper. Davon gab es genug. Schätzungsweise an die Zehntausend in meinem Landkreis. Wohne ich doch sehr ländlich. Doch was kosten diese riesigen Maschinen? Oft mehr als ein halbes Haus. Da lächelt man nicht mehr, erst recht nicht bei Regen. Warum nicht so einen kleinen schnuckeligen Traktor, mit dem die Stadtverwaltung die Gehwege säubert? Wie sehen die von innen aus, wie sind sie zu bedienen? Plötzlich sah ich so einen auf dem Bürgersteig, natürlich in Gegenrichtung. Also, Kehrtwendung mit meinem Sechszylinder und hinterhergefahren. Ganz schön schnell sind sie, diese kleinen wendigen Fahruntersätze. Eingeholt. Doch ich konnte nicht einfach mein Auto anhalten, aussteigen und den Traktor stoppen. Da, der Friedhof, die vielen heruntergefallenen Äste. Dort konnte er nicht vorbeifahren, dort musste er anhalten. Freundlich beantwortete der Gemeindebedienstete mit seinem orangenfarbenen Anzug meine Fragen. Ein Kleintraktor vom Feinsten. Mehr Technik als in meinem Sechszylinder mit Ledersitzen. Nein, das war es auch nicht. Schließlich konnte man sich für dessen Preis schon einen guten Mittelklassewagen kaufen. Also weitergesucht. Irgendetwas würde sich schon ergeben. Inzwischen hatte ich gelernt, dass ein PS eines Traktors mindestens 500 Euro kostet. Was mochten nur diese riesigen Apparate kosten, die fast täglich mit mannshohen Reifen und 30.000 Liter Gülle im Tank an mir vorbeizogen? Ich mochte es nicht nachrechnen. Jedenfalls kam ich zu dem Schluss, dass die flüssige Hinterlassenschaft der Schweine und Kühe wohl ein sehr wertvolles Gut sein müsste, wenn man diese in so teuren Vehikeln auf dem Feld verbreitet, damit dieses mehr Nitrat erhält und gleichzeitig das Nitrit des Trinkwassers steigt. Hatte ich nicht irgendwo Wasserschutzgebiet gelesen? Naja, damit waren wohl nur die Tanks mit Benzin, Heizöl und ähnlichem gemeint, tröstete ich mich.

Aus irgendeinem Grund fuhr ich in Richtung „Altes Land". Plötzlich am Straßenrand etwas Blaues. So ein Blau konnte man einfach nicht übersehen. „Enzianblau". Und an dem Blau war etwas, ein kleines weißes Schild und darauf stand: Zu verkaufen. Ein älterer Traktor. Das erkannte auch ich als Laie. Vielleicht dreißig, vielleicht fünfzig Jahre? Keine Ahnung. Fordson stand auf der Kühlerhaube geprägt. Nie gehört und nie gesehen. Aber hübsch mit seinen kleinen mittigen Scheinwerfern, die mich groß ansahen. Also, rein ins Haus und gefragt. Nein, der Mann sei noch zur Arbeit, aber ich könne abends gern einmal anrufen. Viele hätten schon gefragt, aber den angegebenen Preis müsse man schon erzielen. „Danke, ich melde mich am Abend".

Wir wurden uns schnell handelseinig. Er sei ein gelernter Kraftfahrzeugmechaniker. Den Traktor hätte er vom Nachbarn im völlig verwahrlosten Zustand erhalten. Hier die Bilder. Kaum zu glauben, dass dieses nun enzianblaue Gefährt mal so ausgesehen hatte. Viele, viele Stunden habe er investiert, in tausend Teile habe er ihn zerlegt. Der Nachbar habe mindestens zehn Stück von diesen Traktoren, die meisten nicht restauriert. Aber der hätte viel Ahnung und ihm dabei geholfen. Ich glaubte es ihm. Später lernte ich seinen Nachbarn kennen. Ein sehr freundlicher absoluter Fordson Fanatiker. Wenn man ihn blau anmalte, hätte er die gleiche freundliche Ausstrahlung wie seine Fordson-Trecker.

Doch da war noch die Probefahrt. Es war fast 35 Jahre her, dass ich im Ernteeinsatz als Student einen McCormick gefahren hatte. Damals musste man noch den Weizen oder Roggen anmähen, die Garbe binden und später mit einem Schwung auf den Wagen hieven. Das machte Durst. Nachdem also die Erntewagen in der Scheune waren, wir uns am Wassertrog mit kaltem Wasser gereinigt hatten, den McCormick geschnappt und im schnellsten Gang zur nächsten Tränke. Die hieß „Hein" und war männlich und wohnte im Nachbardorf. Sechs Höfe, und davon einer mit Kneipe. Außer Beerdigungen und Hochzeiten war eigentlich wenig los. Und so freute sich Hein immer, wenn jemand mitten in der Woche kam. Konnte er doch so als freundlicher Gastwirt mal einen ausgeben. Meta, seine Frau, mochte das nicht so gern. Irgendwie hatte Hein am Ende des Abends immer Schwierigkeiten mit der Rechnung. Und damit er nicht jedes Mal hinter der Theke mit der Flasche herkommen musste, um den Gästen einen einzuschenken, war es doch viel einfacher, sich mit dazuzusetzen, die Flasche wuchtig auf den Tisch gedonnert. Irgendwann kam auch Meta, immer etwas zeternd. Das Hauptgewitter bekam Hein ab. Das störte ihn aber nicht. Immerhin hatte er so wieder seinen Pegel erreicht. Er schüttelte sich nur wie ein Hund nach einem Regenguss. Meta meinte, so könnten wir unmöglich wieder zurückfahren, und kochte uns einen riesengroßen Pott mit Kaffee, als wolle sie auch ihre gute mütterliche Seite zeigen. Meta hatte Recht. Aber sie kannte dann doch nicht unseren McCormick Schlepper. Der hatte einen Kriechgang. Bei der Ernte legten wir diesen immer ein, stiegen vom fahrenden Traktor ab und halfen beim Beladen des Hängers. „Meta, wir fahren", erklärten wir lallend. Den Kriechgang eingelegt und langsamer als im Schritttempo ging es unter lautem Absingen sämtlicher Lieder, die man tunlichst nicht in der Kirche singt, immer stracks durch die Heide Richtung eigene Schlafstatt. Woher der Trecker den Weg wusste? Keine Ahnung. Jedenfalls nahm er immer den kürzesten und dabei auch Büsche und im Wege stehende kleinere Birken einfach mit. Komisch, dass er bei den vielen Gräben nicht einmal umkippte. Einfach Glück gehabt? Einen Abrollbügel, wie es heute Vorschrift ist, kannte man damals nicht.

Was hat das alles nun mit der Probefahrt zu tun? Nun, ob auf nassem, aufgeweichtem Felde mit zwei beladenen schweren Hängern oder abends voll von friesischem Landwein, es gab keine Situation, dass wir einen Traktor nicht in Bewegung gebracht hätten. Mit einem Traktor zu fahren, hatte ich als Student gelernt.

Doch zurück zur Probefahrt. Warum auch in anderen Kulturen ein plötzlich eintretender Rückenschmerz als Hexenschuss bezeichnet wird, weiß ich nicht. Die Probefahrt war vereinbart und mich hatte die Hexe zielgerecht getroffen, voll. An Traktorfahren war nicht zu denken. Was nun? Zum Glück wohne ich ländlich. Da gab es doch einen alten Freund im Nachbardorf, der hatte schon als Dreijähriger auf Opas Traktor gesessen und als Zwölfjähriger die ersten Ackerfurchen selbst gezogen. Inzwischen war er Rentner wegen seiner Hüfte. Aber Schlepper testen, das müsste er eigentlich können. Mühselig quälte ich mich auf den Beifahrersitz auf dem linken Kotflügel und mein Freund mit der kaputten Hüfte gab Gas. Sein Gesicht strahlte. Wir fuhren mühelos 27 Kilometer in der Stunde, getestet mit der Geschwindkeitsmessung an der Ortseinfahrt. Das schaffte sein eigener alter Traktor der Marke Deutz nicht. „Den kannst Du kaufen, der ist in Ordnung", lachte er. Meine Wirbelsäule knackte auf dem Beifahrersitz. Zwei strahlende Invaliden krabbelten vom Oldtimertraktor herunter. Der Kauf war damit fast perfekt. Nur noch den Rest der Summe bezahlen und den Traktor selbst abholen. Das dauerte dann noch ein paar Wochen wegen der Zielgenauigkeit der Hexe. Schließlich aber brachte meine Frau mich zu meinem Fordson. Sie mochte ihn auch, ich denke wegen der blauen Farbe und irgendwo war ja auch noch weiß, beides die Lieblingsfarben eines skandinavischen Landes. Dass ich dann aber nur zwanzig Minuten später zuhause ankam als sie mit meinem Sechszylinder neuerer Bauart, den mit den Ledersitzen, überraschte sie dann doch. So stand er stolz in der Abendsonne auf meiner Einfahrt.

Irgendwie musste wohl dieses blaue Gefährt doch sehr anziehend sein. Denn es verging kaum eine Stunde, dass mein Nachbar zusammen mit seinem Sohn meine neue Erwerbung fachmännisch untersuchte. „Nein", hörte ich seinen Sohn sagen, „den hat er bestimmt nicht gekauft. Der versteht doch überhaupt nichts von der Materie". Das war nicht bös gemeint, denn er hatte ja so Recht. Doch sein Vater erkannte es sofort. „Sieh mal hier, der gehört ihm doch, das Kennzeichen hat seine Initialen". Ich ging zu ihnen heraus. „Herzlichen Glückwunsch", meinten die beiden und lächelten. Wo ich denn das Goldstück über Nacht lassen wolle. Meine Frau hatte mich das auch schon gefragt und sich mit der Antwort, es würde sich schon ergeben, schnell zufrieden gegeben. „Du kannst ihn bei mir unterstellen, im Nachbardorf", bot mir mein Nachbar an. So schnell hatte sich das Problem gelöst. Damit hatte ich auch nicht gerechnet.

Zwei Tage später hatte er mir in einer großen Halle einen Sonderplatz freigeräumt. Doch die Überraschung war groß. Dass mein Nachbar mal einen Traktor mit seinem Sohn restauriert hatte, wusste ich. Dass er aber geradezu vernarrt im Sammeln alter landwirtschaftlicher Geräte und Traktoren war, das erfuhr ich jetzt. Nicht nur alte Traktoren und Anbaugeräte, sondern sogar eine richtige alte Dresch-maschine mit Riemenantrieb, wie ich sie in meiner Kind-heit noch kennengelernt hatte, waren ab jetzt die Gesellen meines Fordson. Und was stand in der Halle auf der ande-ren Seite, nur durch einen Zaun getrennt? Ein McCormick, rot leuchtend im besten Zustand. Es war die gleiche Serie, mit der ich vierzig Jahre früher zu Hein gefahren war und wieder zurück, immer quer durch die Heide. Jetzt war ich es, der strahlte. Da kam auch schon dessen Besitzer. Ein großer, freundlicher, hagerer Mann weit über die Siebzig. Nie im Leben hätte er damit gerechnet, dass ich, der Medi-zinmann, mir einen Traktor gekauft hätte. Ich solle mir mal seinen kaputten Finger ansehen, davon würde ich wohl mehr verstehen. Er solle den Finger beim Schlafen hoch halten, dann würde er nachts nicht schmerzen. „Englische Traktoren verlieren immer Öl", meinte er auf meinen Schlepper sehend. So tauschten wir unsere Erfahrungen aus. Das setzten wir auch später so fort. Stets ein kleiner Plausch, wenn ich meinen Traktor zur Ausfahrt holte. Ihm gehörte dieses ganze große, wunderschöne Anwesen, eine alte, längst stillgelegte Ziegelei.

Zurückgekommen klingelte das Telefon. Meine Nachbarin in der Nebenstraße. Von Beruf war sie eigentlich Lehrerin. Eine kleine sehr lebhafte Frau mit wachen Augen und vol-ler Humor, wie ich später noch mehrfach feststellen konnte. Jetzt war sie vorzeitig pensioniert und kompen-sierte ihre überschüssige Energie im Verfassen von Schul-büchern und, was ihr niemand zugetraut hatte, mit Motor-radfahren. Sie sei mit ihrem Mann, der ebenfalls pensio-nierter Lehrer war, der gelegentlich einem bekannten

Schriftsteller im Archiv half und ebenfalls die Leidenschaft des Motorradfahrens teilte, bei mir vorbeigekommen. Das sei ja einmalig, dieses blaue Wunder vor meiner Haustür. Nicht das übliche Grün, Grau oder Schwarz der anderen Traktoren. Ob ich wüsste, dass es auch in unserem Ort so einen Club der Oldtimerfreunde gäbe. Der hatte so einen langen Namen wie Historisch-Technische- Gemeinschaft. Auch die Abkürzung HTG habe ich mir später nie so richtig merken können. Na, ich wusste es nicht. Aber jedenfalls überredete sie mich sehr schnell, meinen Neuerwerb, dieses blaue Wunder, dann doch auf einer Präsentation dieser Vereinigung vorzustellen.

Eine Woche später fuhr ich dann voller Stolz mit meinem Fordson Anfang Juni zur Ausstellung der HTG. Gleich in der ersten Reihe, vorne an der Straße durfte er stehen. Von einem freundlichen Mann mit blauem T-Shirt und einem unübersehbaren Emblem wurde ich eingewiesen. Ich merkte bald, dass fast alle der früh morgens geschäftig herumlaufenden Männer dieses T-Shirt trugen. Das war also gewissermaßen das Parteiabzeichen. Eigentlich hatte ich etwas gegen eine Uniformität. Aber irgendwie gehört es dann doch dazu. So dauerte es nur ein paar Wochen, war ich Mitglied dieser honorigen Vereinigung geworden und trug eben auch dieses besagte blaue T-Shirt mit dem Emblem. Eigentlich passte es mir überhaupt nicht. Diese T-Shirts, die gerade Mode sind, sind für schlanke, junge Burschen und für junge Mädchen geeignet. Nassgeschwitzt auf dem Bauch eines etwas übergewichtigen, älteren Mannes wirken sie doch ein bisschen lächerlich. Also schaffte ich mir eine Weste an. Vorn war Fordson zu lesen und auf dem Rückenteil ein farbiges Emblem mit der Aufschrift „Fordson farming". Damit konnte ich dann meinen nicht so gutförmigen Oberkörper im T-Shirt etwas bedecken. Eigentlich hatte ich ja von der Landwirtschaft, sprich farming, keine Ahnung. Doch mehr und mehr fachsimpelte ich wie ein Politiker über Dinge, von denen ich in Wahrheit herzlich wenig verstand. Worte wie Dreipunktaufhängung, Regelhydraulik, Vorglühen und ähnliche gingen mir sehr bald fließend über die Lippen. Also, diese erste Präsentation machte doch sehr viel Spaß und Freude. Stolz beantwortete ich die vielen Fragen der Besucher zu meinem Traktor. Nein, ich hätte ihn nicht so schön restauriert, das könne ich nicht. Ja, die blaue Farbe sei original und echt. Nein, Rückenschmerzen bekäme man nicht beim Fahren und meine Frau hätte auch Freude an meinem neuen Hobby. Der Tag verflog in Windeseile.

Die Leute mit dem blauen T-Shirt sollte ich dann bald darauf näher kennen lernen. Das war also der Oldie-Club, wie ich diese Gemeinschaft im Geiste immer benannte. Alles sehr sympathische und wie ich meinte, auch unkomplizierte Menschen. Einige von ihnen besaßen herrliche Schätze, nicht nur Traktoren, auch wunderschöne alte Motorräder, alte Autos, Standmotoren in allen Größen, Fahrräder aus Vorkriegszeiten und uralte Außenbordmotoren. Keiner machte etwas aus sich, trotz aller Besitztümer. Alle duzten sich. Alle hatten irgendwie in ihrem Leben etwas mit Motoren zu tun gehabt, sei es als Ingenieur, sei es als alte Lastkraftwagenfahrer, sei es als in der Landwirtschaft Tätiger. Jedenfalls war ich wohl, technisch gesehen, der Dümmste. Das machte aber nichts. Ihnen reichte es aus, dass ich eben den gleichen Tick wie sie alle hatte, die Liebe zu alten technischen Geräten. Man traf sich einmal im Monat, immer am Ersten am Mittwoch. Im Laufe der Zeit lernte man sich auch immer mehr und mehr kennen. Natürlich sind bei solchen Gemeinschaften stets einige mehr im Hintergrund und andere prägen sich sehr schnell ein. Da war einmal der mit der kleinen Glocke, der die Abende leitete. Er musste so etwa mein Alter haben. Das T-Shirt prallte sich über seinen Bauch noch mehr als bei mir. Auch hatte er bunte Hosenträger. Die standen ihm nicht schlecht. Seine schalkhaften Augen funkelten bei jedem Satz aus tiefen Augenhöhlen. War die Pumpe bei ihm in Ordnung? Jedenfalls hatte er trotz guter Körperfülle eine Energie, die jeden von uns mitriss. Seine Frau, eine Südeuropäerin und gleichzeitig Gastgeberin der Lokalität, taucht dann immer später am Abend auf. Wenn sie redete, konnte niemand von uns mehr gegenanreden, auch nicht unser Hosenträgermann. Neben ihm saß oft so ein ruhiger Hamburger, wie er sagte. Aber so ein richtiger Hamburger Buttje konnte er mit seinem leichten hallensischen Dialekt, wie unser früherer Außenminister, auch nicht sein. Er redete nicht so viel und so laut wie die anderen. Aber wenn er dann so ein paar „Gedecke" intus hatte, konnte er herrliche Geschichten erzählen, von seinen Touren quer durch Europa mit alten Lastkraftwagen, von seinem zum Privatboot umgebautem Kreuzer aus Weltkriegszeiten mit Stahlrumpf. Natürlich war da auch immer unsere quirlige Lehrerin, die aber alles stets im Griff hatte. Schließlich gab es auch so einen großen Schlanken. Den Erzählungen nach muss er wohl schon als Kind begonnen haben, Motoren und ähnliches zu sammeln. Nicht nur, dass er seltene Motorräder besaß und viele schöne alte Traktoren, er konnte auch einen riesigen Standmotor, der einmal eine Mühle angetrieben hatte, sein eigen nennen. Seine ganze Familie war wohl mit eingebunden. Seinem Sohn hatte er einen wunderschönen Lanz geschenkt. Töchter und Enkel nahmen begeistert an allen Präsentationen teil. Und seine Ehefrau nahm neben dem regelmäßigen Kaffeekränzchen unserer Frauen auch an den Sitzungen der Männer teil, selbstverständlich im dunkelblauen T-Shirt mit Emblem. Wie überhaupt einige von uns bei diesen regelmäßigen Treffen quasi immer im Trachtenlook kamen. Dunkle Weste mit Brustemblem, auf dem Rücken ein großes Abbild dessen, was man fuhr und pflegte. Dann, stets eine halbe Stunde nach Beginn der Sitzung, kam immer noch so ein Endsiebziger, zwar elastischen Schrittes, aber doch mit starrem Gesichtsausdruck herein, stets mit der Hand jovial grüßend. Die Runde wurde bei seinem Erscheinen immer für eine Sekunde ehrfurchtsvoll still. Er wüsste eben alles und es gäbe eben kein Motorrad, dessen Konstruktionseinheiten er nicht in allen Einzelheiten exakt kenne, flüsterte man mir zu. So traf man sich einmal im Monat, sah sich gemeinsam alte Filme von Autorennen an, ließ sich über verschiedene Versionen von Bremsen aufklären und plante gemeinsame Touren. Eine der ersten, die ich mitmachte, sollte nach Wolfsburg gehen. Den kostenlosen Bus hatten wir uns im Herbst davor bei einer Präsentation unserer Traktoren, Motorräder und alten Autos verdient. Doch da wohl noch ein paar Plätze frei blieben, was auch nichts ausgemacht hätte, wurden diese mit sogenannten Gönnern besetzt. Die durften dann auch gleich kräftig zahlen, ebenso wie wir. Es sollte eine Spende für ein Übungsprojekt für angehende Motoristen sein, hatten wohl nur einige wenige beschlossen. Na ja, ich zahlte. Den Ruf eines Knauserigen wollte ich mir dann doch nicht einheimsen. Die VW-Werksbesichtigung war nicht das, was ich mir vorgestellt hatte. Dafür entschädigte mich aber dann das sehr gut ausgestattete Museum. Derartig schöne Autos, die ich zum Teil noch aus meiner Kindheit kannte, sollte ich erst ein Vierteljahr später in Süddeutschland wiedersehen.

Und das kam so: Mein Sohn hatte mir eines Tages einen Computer, fertig programmiert, hingestellt, schnell ein paar Einweisungen gegeben und mich kurz danach mit der Bemerkung „du wirst es schon schaffen" wieder verlassen. Also fing ich an, mehr und mehr in dieser virtuellen Welt zu surfen. So hatte ich einfach mal „Fordson" in die Suchliste eingegeben. Und siehe da, plötzlich landete ich beim finnischen Fordson Club. Ich hatte in Finnland vor über dreißig Jahren gearbeitet und beherrschte immer noch die Sprache. So las ich dann zur Überraschung, dass der Club über 170 Mitglieder hatte. Das beeindruckte mich doch sehr. Also schrieb ich ihnen dann im holprigen Finnisch eine Mail. Die Antwort kam prompt. Man freute sich sehr und bot mir an, externes Mitglied zu werden. Na, es ist leicht zu erraten, ich wurde es. Von diesem Zeitpunkt an bekam ich auch regelmäßig alle möglichen Informationen über Ersatzteilbeschaffungen, über uralte Traktoren mit Eisenrädern, über verschiedene Sammlungen von alten Fahrzeugen in Finnland usw. Unser gegenseitiger virtueller Kontakt vertiefte sich. So kam eines Tages die Anfrage nach einer größeren Traktorenmesse in Deutschland.

Meine neuen Freunde in meinem hiesigen Oldtimerclub wussten Rat. Nach Sinsheim müsse man. Dort sei eine riesige Traktorenmesse und nebenan ein faszinierendes technisches Museum von ungeahnten Ausmaßen. Das konnte ich später dann nur bestätigen. Mein Vorschlag wurde von den Finnen gern aufgenommen und man beschloss, im Mai zu kommen. Ich freute mich sehr und schrieb ihnen, auch ich würde mich dann dort einfinden. Aber die Geschichte geht weiter. Sinsheim liegt in der Nähe von Heidelberg und dort wohnte mein Sohn. Früher hatte ich im Mai immer längere Radtouren gemacht, stets bei gutem Wetter und sowohl in Nord- als auch in Süddeutschland. Wie der Gedanke in meinen Kopf kam, weiß ich nicht. Jedenfalls erklärte ich etwas sehr vollmundig meinen Freunden und meinem Oldtimerclub, ich würde mit meinem Fordson-Traktor über Heidelberg bis nach Sinsheim und zurück fahren. Das waren immerhin grob gerechnet rund eintausendfünfhundert Kilometer hin und zurück. Alle schüttelten den Kopf, schmunzelten, sagten aber nichts. Nur meine Frau ahnte, dass die Sache ernst sei und tat das einzig Richtige: Sie versuchte nicht, mir die Reise auszureden oder mich bei meinen Vorbereitungen zu bremsen. Also wurde der Traktor noch einmal gründlich durchgesehen. Die Ackerschiene wurde versteift und mit einem Kugelkupplungskopf versehen. Zum Transport meiner Utensilien sollte ein kleiner Einachsanhänger dienen, den ich mir inzwischen angeschafft hatte. Zur Planung der Route dienten regionale Freizeitkarten und Radfahrerkarten. Hier besteht der Vorteil, dass man genau ablesen kann, wie sehr die Straße befahren ist. Auch sind häufiger landwirtschaftliche Wege eingetragen. Gut vorbereitet ging es dann Anfang Mai auf die Reise, die zu einem einmaligen Erlebnis wurde und bei der ich unglaublich viele Eindrücke über die unterschiedlichsten Landschaften Deutschlands bekam. Für meinen vierzig Jahre alten Fordson war es gleichzeitig ein Dauerbelastungstest, den er gut überstand.

Von Norddeutschland nach Sinsheim über Heidelberg.

Viele Länder wurden über die Wasserwege erschlossen, so auch das alte Germanien und heutige Deutschland meistens über die Flüsse, die von Süden nach Norden verlaufen. An den Flüssen entlang entstanden die Handelswege, die ersten Städte und auf den Bergen wurden Burgen gebaut, von denen die Raubritter den Handel kontrollierten. Fährt man also mit dem Traktor diese alten Handelswege, die heutigen Landstraßen, entlang, ist es wie eine Zeitreise durch die Geschichte Deutschlands. Da die alten Handelswege kurvenreich und eng sind, benutzen die meisten Reisenden heute die weiter abgelegenen Bundesstraßen oder die parallel laufenden Autobahnen und ahnen nur, wie schön das Land sein kann. Bis zur Unterweser südlich von Bremen benötigte ich nur eine Stunde. Vom Traktor aus überblickte ich das ganze alte Flussbett, an dem ganze Scharen von Schwänen ihre Gefieder putzten. In der Ferne erhob sich der Dom von Verden. Hier unten am Fluss herrschte bis auf das Tuckern meines Traktors eine himmlische Ruhe, keine Hektik, nur dann und wann ein Auto. Das Kaiser-Wilhelm-Denkmal an der Porta Westfalica in 150 Meter Höhe sah ich schon aus dreißig Kilometer Entfernung. Und doch dauerte es nicht ganz zwei Stunden bis ich unten direkt an der Weser an „Willem" mit meinem Traktor vorbeifuhr. Als Autofahrer sieht man das Denkmal entweder überhaupt nicht oder wenn, dann nur kurz für fünf Minuten. Ich jedenfalls stellte mir vor, ich reise in einer Kutsche wie vor über zweihundert Jahren noch meine

Vorfahren. Die Berge näherten sich mehr dem Fluss und von der Landstraße aus konnte ich fast ins Wasser spucken. Ein Angler grüßte und Wildgänse flogen auf. In Hameln, der alten Rattenfängerstadt, musste ich unbedingt durch die Altstadt fahren. Der Auspuff donnerte so richtig schön in den alten schmalen Gassen und die Leute wunderten sich. Weiter ging es entlang der Weser, auf einem Ausflugsdampfer wurden via Megaphon den Touristen die Burgen so laut erklärt, dass sogar ich es verstehen konnte. Daneben Lastkähne, die etwa die gleiche Geschwindigkeit hatten wie ich mit meinem Fordson Dexta. Schließlich teilte sich die Weser in die Werra nach Südosten und die Fulda nach Südwesten. Ich folgte nach einer kleinen Rundfahrt durch Hann. Münden letzterer und kam in dem alten Bischofssitz mit dem gleichen Namen Fulda an. Zwar war die Altstadt nur für Fußgänger passierbar, ich aber fuhr einfach durch und alle machten mir höflich Platz. Selbst als ich auf dem Innenhof des erzbischöflichen Palais mit dem Traktor eine Ehrenrunde drehte, ließ man mich gewähren. Vielleicht hielten mich die Untertanen des Erzbischofs für einen harmlosen Spinner, womit sie nicht so Unrecht hatten. Über den Gebirgszug die Rhön ging es dann Richtung Main. In den Bergen achtete ich immer auf die neben den Straßen verlaufenden Bäche. Manchmal hatte ich sogar den Eindruck, sie flössen aufwärts. Weder mit dem Auto, mit dem Fahrrad oder beim Wandern bekommt man eigentlich so richtig mit, fließt das Wasser des kleinen Baches in die Nordsee oder in den Süden? Könnte man theoretisch bis ins Schwarze Meer oder bei Rotterdam in den Atlantik schwimmen? Nur vom Traktorsitz mit dem gutem Überblick und der angepassten Geschwindigkeit erkennt man die tatsächliche Wasserscheide. Ist man dennoch unsicher, so hilft manchmal auch ein kleiner Hinweis auf einem Schild am Wegesrand, was man aber mit dem Auto schnell überliest. Jetzt aber folgte ich einem Bach, der in den Main lief. Dort angekommen fuhr ich aber stromaufwärts Richtung Odenwald, dorthin, wo viele der alten deutschen Märchen entstanden sind. Denn ich wollte zum Neckar. An diesen Flüssen mit einmaligen Landschaften gibt es uralte, über tausend Jahre alte kleine Städte, die heute vor sich hinträumen, in denen es aber meist wunderschöne alte Gasthöfe gibt. Bevor es die Dampfschifffahrt gab, wurden hier häufig die Pferde gewechselt, die die Kähne auf den Treidelwegen den Fluss hochzogen.

Nach achtzehn Uhr vermietet sich ein Zimmer in der Regel schlechter. Und wenn dann die Wirtin fünfunddreißig Euro für ein Bett mit Dusche und WC und inklusive Frühstück verlangte, einigten wir uns dann doch auf fünfundzwanzig Euro für ein gemütliches Zimmer mit hundert Jahre alten schönen Bauernmöbeln mit blau-weiß karierter Bettwäsche. Auf einem Campingplatz kostet es häufig mehr und ist wohl kaum vergleichbar. In der Gaststube fragt man dann am besten danach, welchen Wein der Wirt normalerweise trinkt und bestellt sich diesen dann auch für sich. Für das gut bürgerliche, regionale Mal und zwei Schoppen sollte ich dann am Abend einen sehr zivilen Preis bezahlen. Allein ist man in so einer Gaststätte nie, denn alle fragen, woher man mit dem Traktor kommt und wohin man will. Alle geben gute Ratschläge und ab und zu auch noch einen selbst gebrannten Obstschnaps aus. Nach gut einhundert

Kilometer Traktorfahrt schlief ich in meinem Himmelbett wunderbar ein.

Die steilen Hänge des Odenwaldes herunterfahrend eröffnete sich mir das herrliche Tal des Neckars mit seinen vielen Burgen. Leider war die über den Neckar in die Altstadt von Heidelberg führende, jahrhundertealte Brücke für Pkw und auch für Traktoren gesperrt. Aber mein Herz schlug schneller, als ich vom Fluss unten auf die stolze Burg hoch oben schaute, auf die vor nicht ganz vierhundert Jahren die erste Kugel geschossen wurde. Aus meiner Studentenzeit kannte ich noch alte Schleichwege und so fuhr ich von Südwesten kommend über den Schlossberg von oben herunter auf das Schloss zu und hatte von hier aus einen herrlichen Blick auf die Altstadt. Mein Sohn begrüßte mich freudig und konnte es kaum fassen, dass sein Alter es tatsächlich wahr gemacht hatte und bis hier her mit dem Traktor gekommen war. Zusammen fuhren wir dann in die nahe liegenden Weinregionen, um direkt von den Winzern reichlich Wein einzukaufen. Von nun an musste ich meinen kleinen Anhänger stets gut bewachen, denn dort befanden sich mehr als nur hundert Flaschen guten Weines, die ich mit nach Norddeutschland transportieren wollte. Es stellte aber kein Problem dar, da die meisten Wirte auf der Rückfahrt mir einen sicheren Unterstellplatz oder eine Garage anboten. Dann ging es nach Sinsheim, zur Traktorama, einer riesigen Traktor-Ausstellung. Dort hatte ich mich mit den Mitgliedern des finnischen Fordson Clubs, die ich persönlich bisher noch nicht kennen gelernt hatte, verabredet. Wir wurden schnell Freunde. Auch wenn mein

Finnisch etwas holprig war, konnten wir uns gut verständigen. Alle bestaunten meine Fahrleistung und musterten meinen Fordson, den ich noch nicht lange besaß. Und höflich, wie man nun ist, machte auch niemand von ihnen eine Bemerkung darüber, dass die Kotflügel alles andere als dem Original entsprachen und dass der Ölverlust doch kaum zu übersehen war. Inzwischen ist das alles längst behoben. Bis auf einen modernen Sitz, den ich auch auf meinen langen Reisen benötige, ist jetzt alles so wie es sein soll und trocken. Kein Blechnapf mehr unter dem Motorblock. Mein Prachtstück ist nun „windelfrei". Nach ein paar sehr interessanten und schönen Tagen fuhren die Finnen zur John Deere Fabrikation und anschließend zurück nach Finnland und ich trat, diesmal beladen mit kostbarem Gut, meine Heimreise an, etwa die gleiche Strecke, aber zum Glück bei besserem Wetter. Es sollte nicht die letzte längere Reise mit meinem Fordson Dexta sein.

Mein älterer Freund und Landmaschinen-Fachmann im Nachbardorf hatte dann in den nächsten Monaten meinen Traktor einmal völlig auseinandergenommen und auch wieder zusammengebaut. Mit neuen Dichtungen verlor er auch kein Öl mehr. Im Nachbarort gab es noch ein Ersatzteillager, speziell für Ford. Dort konnte ich noch sämtliche Originalteile, einschließlich der Kotflügel, zu zivilen Preisen kaufen. Als ich mich darüber wunderte, dass alles noch zu haben war, obwohl mein eigener Traktor schon 40 Jahre auf dem Buckel hatte, erfuhr ich, dass Fordson-Traktoren im gesamten British Empire einmal millionenfach verkauft worden seien und dass in diesen Ländern diese uralten Modelle durchaus noch genutzt würden. Wegen des zweiten

Weltkrieges ist diese Marke in Deutschland nicht so populär. Mein nichtsahnender Entschluss, den Fordson zu kaufen, war also nicht falsch. Restlos überholt, mit neuen Originalteilen ausgestattet und auch mit einer neuen Lackierung konnte ich auch die nächste Reise im Folgejahr planen.

England, wie es Touristen nicht erleben

First day

Zwischen unserem Käseblatt, sprich lokaler Tageszeitung, eine Werbung. Auf Neudeutsch nennt man so etwas heute „Flyer": Zum Einführungspreis mit der Fähre von Cuxhaven nach Harwich nördlich von London. Kurz telefoniert, ja es gäbe jetzt Sonderangebote. Aber mit dem Traktor, nein. Da solle ich doch die Frachtabteilung anrufen. Es kostete einige Mühe, der jungen Dame an der anderen Seite der Strippe klar zu machen, dass mein Traktor in seinen Ausmaßen kleiner sei als ein üblicher Pkw und auch nicht mehr Öl verlöre als ein Motorrad, die ja mitgenommen werden könnten. Den dreifachen Preis nur für die Deklaration als Fracht wolle ich nicht bezahlen. Nach einem vorsichtigen Hinweis auf ein eventuelles Gespräch mit dem Abteilungsleiter willigte sie schließlich ein und buchte für mich Cuxhaven - Harwich und zurück samt Traktor, Frühstück, weil es *prepaid* billiger war, und einer Viererkabine innen. Schließlich sollte es ja auch keine Luxusreise werden. Die vorsichtige Rückfrage meiner Frau, wer denn mit so einem lauten Schnarcher wie mit mir überhaupt nächtigen wolle, konterte ich damit, dass man bei dem Maschinenlärm und den Schiffsgeräuschen sowieso nichts höre und die meisten Vierer-Kabinen-Fahrer sich bestimmt einige *ales* oder *lager* hinter die Binde kippen würden. (Ab jetzt werde ich englische Ausdrücke nicht mehr übersetzen. Schließlich ist es eine Englandreise und der Leser kann sich auch ein wenig einstimmen). Die Geschichte mit der Vierer- bzw. spätere „Fünfer"kabine wird noch besser. Doch davon später.

Meinen Fordson Dexta hatte ich noch einmal kontrolliert. Wasser, Öl und Tankfüllung waren in Ordnung. Die Schrauben, die sich manchmal bei längeren Fahrten lösten, wieder fest angezogen. Schwieriger war es mit dem Gepäck. Diesmal wollte ich keinen Hänger mitnehmen. Stattdessen hatte ich jetzt hinter dem Fahrersitz eine große Bank und darauf eine große Bau-Kiste montiert, schön enzianblau lackiert wie mein Traktor.

Und eitel, wie ich nun einmal war, stand dort jetzt in großen Lettern zu lesen, natürlich *in english*, damit es auch alle verstehen: Zeven *(North Germany) -Harwich (East Anglia) -Ipswich-Great Yarmouth-Norwich-Strumpshaw and back.* Ich musste selbst über diese etwas großkotzige Ankündigung lächeln, besonders wenn man weiß, was für ein kleiner Ort Zeven *(North Germany)* ist. Klingt wie Copenhagen *(Danmark)* oder Munich *(Bavaria/Germany)*.

Na, also in diese Kiste pfriemelte ich so alles rein, was ich zu benötigen meinte. Dass es viel zu viel war und dass ich von den sechs Paar Strümpfen, für jeden zweiten Tag hatte ich ein Paar gerechnet, zum Schluss dann doch nur zwei Paar anzog, zeigt, dass man auch mit viel weniger Kleidung auskommen kann, als wir es heute tun. Irgendwie gelang es mir immer, zweimal am Tag zu duschen. Man musste also nicht wie bei der englischen Königin Elisabeth I. , die doppelt so dick war wie ich und einen ziemlichen

Körpergeruch gehabt haben soll, einen Abstand von mindestens zwei Meter von mir halten wie bei *her majesty,* nicht aus Respekt, sondern schlicht weg wegen ihres strengen Körpergeruchs. In der Kiste waren zum Schluss etwa genauso viele Klamotten und Regenkleidung, wie man auf einer längeren Radtour üblicherweise mitnimmt. Selbstverständlich gehörte auch Werkzeug dazu. Aber bei meinen technischen Kenntnissen und dieser Minimalausrüstung reichte es auch gerade nur, um mein offizielles Kennzeichenschild, was sich auf der Reise verselbstständigen wollte, wieder fest an seinen Platz zu montieren. Neben der Kiste war dann noch Platz für meinen Fünf-Liter-Ersatztank, ebenfalls im knalligen Enzianblau und mit einer blauen Kette gegen eventuellen Diebstahl an die Bau-Kiste fixiert. Wie man merkt, alles en bleu. Aber diesmal hatte ich keine blaue Mütze auf und auch keinen blauen Pullover an. Da ich nach England fahren wollte, passte auch eine grüne wetterfeste, grünliche Barbour-Jacke und meine englische „Nick-Knatterton-Mütze" aus wetterfestem Harris-Tweet, an die sich Ältere der Leser noch erinnern werden.

Bei relativ schönem Wetter auf gen Cuxhaven. Der Frau noch schnell einen Kuss gegeben, nicht ohne die letzten Ermahnungen vom linken zum rechten Ohr oder auch umgekehrt durchrauschen zu lassen. In allerbester Stimmung ging es auf die Landstraße. Den Weg kannte ich schon. Wie schön ist doch so ein früher Maitag. Alles noch ein bisschen feucht vom Morgentau. Ein großes Rudel Rehe unterbrach sein Frühstück und stürmte davon, als ich es mit einem großen Muuh aus meiner Extra-Hupe, die ich mir auf der Traktorama in Sinsheim gekauft hatte, begrüßte. Die ist jetzt sogar offiziell lizenziert. Denn zwei Tage vor meiner Abfahrt hatte ich die TÜV- Abnahme des Traktors. Ohne Beanstandung. Die Bremse zieht ein wenig nach links, war das Urteil des Prüfers. „Aber das ist manchmal so bei alten Treckern", meinte er auch und gab mir den Stempel. Diesmal fuhr ich ab Bederkesa etwas anders. Die meisten Bürger wissen wohl nicht, dass es in Deutschland so schön sein kann. Sie haben nur ein Auge für die Mandelblüte auf Mallorca oder den silbrigen Sand südlich von Bordeaux. Das satte Gelb des riesigen Rapsfeldes zwischen Elbe und Weser oder den Fischreiher am kleinen uralten Oste-Hamme-Kanal, der heute die beiden Flüsse nur noch symbolisch verbindet, die alte Felsenkirche auf einer Wurt, noch im spätromanischen Stil gebaut, nehmen sie nicht wahr. Sie rasen einfach vorbei. Sie nehmen die Schnellstraßen zur See. Da fallen einem nur die vielen riesigen Windenergiemühlen, oder wie sie auch heißen, ins Auge. Dabei möchte ich mich selbst als Autofahrer nicht ausnehmen. Mit dem Traktor muss man reisen. Dann hat man Zeit und Ruhe, die Schönheit der Umgebung zu genießen. Eine Ehrenrunde durch die Stadt Cuxhaven, vollgetankt und ab zu den Hapag-Hallen, von wo vor hundert Jahren Tausende von Deutschen nach Amerika auswanderten. Stolz reihte ich mich in die Kette der Wartenden ein.

 Motorradfahrer sind wohl auch mehr Individualisten. Jedenfalls während viele wartende Autofahrer mich nur unverständig anschauten, wurde ich sofort von den Bikern angesprochen. Eines hatten wir zumindest gemeinsam, frische Luft und nur wenig Gepäck. Eine fast sechzigjährige

Frau hatte ein besonderes Motorrad, ein Enfried mit Dieselmotor. Alles glänzte. Sie wollte mit ihrem Mann zu den Isle of Man. Dort trifft sich wohl die *Crème de la Crème* der Biker. Dann klönte ich noch mit einem jungen Studenten und einem Rentner in meinem Alter, beide locker und lässig. Sie sollten später meine Kabinenkumpane werden. Die Duchesse of Scandinavia, so hieß mein Schiff, war doch nicht so groß, wie ich zunächst gedacht hatte. Durch meine Finnlandreisen von früher war ich eben verwöhnt. Nachdem ich mich erst einmal umgeschaut hatte, machte ich es mir in meinem Bett bequem und schlief eine Runde. Der Student und der Rentner vom Kai waren überraschend auch in die gleiche Kabine gekommen. Kurze freundliche Begrüßung, und die Zwei zogen ab, um das Schiff zu erkunden und sich schon mal einzustimmen. Das vierte Bett in unserer Kabine war immer noch leer. Das sollte sich aber nachts dann doch noch ändern. Später saß ich dann mit meinen Kumpanen aus der Kabine beim Bier zusammen. Irgendwie hatten viele Reisende das Bedürfnis, das Schiff zu erkunden, denn überall wuselten ständig Touristen aller Couleur an uns vorbei. So auch eine hübsche dunkelhaarige Neunzehnjährige mit freiem Bauchnabel, die unseren Studenten zwei Sekunden zu lang anplierte. Ja, er hätte es auch gemerkt, antwortete er auf meinen kleinen Hinweis und wurde dabei rot. Wir beiden Alten lächelten. Ich verabschiedete mich erst einmal, las in meiner noch ruhigen Kabine meine Reiseplanung noch einmal durch und aß anschließend ein Lachsbrot aus dem Selbstbedienungsladen. Die kleine Abendmahlzeit war wirklich Spitze. Inzwischen war es 9 Uhr p.m., wie die Engländer sagen. Ins Bett also konnte ich noch nicht gehen. Ich setze mich wieder in den gemütlichen Raum mit dem guten Ausblick auf das Meer und dem kleinen Ausschank. *„Are you minded"*, klang plötzlich eine rauchige Stimme neben mir, während ich in mein Traktorbuch versunken war. Und schon setzte sich eine große, kräftige Frau, so etwa 65 Jahre alt, neben mich in den freien Sessel. *„Nice evening today"*, setzte sie das Gespräch mit mir fort. Nein, das war bestimmt keine Engländerin. Ebenso wenig wie die junge Frau am Bierausschank, die fließend Englisch sprach. Später erzählte diese mir, dass sie in ihrem Heimatland Polen Fremdsprachen unterrichtete und jetzt ihr nur kärgliches Lehrergehalt aufbesserte. Charmant plauderte meine neue Nachbarin drauflos. War sie aus Schweden? Nein, das klärte sich aber sofort, als sie aus ihrer Handtasche eine große Zigarillo hervorzauberte und wie selbstverständlich sich diese anzündete. Bisher hatte ich das nur bei Däninnen wie Regentin Margrethe II. beobachten können, die mit einer derartigen Selbstsicherheit und so genüsslich so eine kleine, dunkle Schwarze rauchen.

Plötzlich gesellte sich mit einem freundlichen Lächeln zu meiner Zigarillo paffenden Dänin und mir eine zierliche, bezaubernd und natürlich aussehende Frau. Ich hätte sie auf 42 Jahre geschätzt. Sie und die Zigarillo - Frau waren beste Freundinnen und reisten diesmal nach England, *just for fun*, erzählte sie mir mit einem bezaubernden Lächeln. Ich weiß nicht, wie es kam, jedenfalls ohne besonderen Grund rieselte es im Rücken rauf und runter. Als sich dann noch im Gespräch herausstellte, dass sie schon 57 Lenze zählte, war ich nur noch voller Bewunderung. Also noch nicht scheintot. Wir Drei hatten mit dem Blick auf das ruhige Meer und einer reizenden Unterhaltung einen wunderschönen Abend. Später gesellten sich noch ein paar laute Dänen dazu, diesmal selbst bei der in Englisch geführten Unterhaltung immer wie mit einer Kartoffel im Mund. Unsere so nette Unterhaltung zu dritt wurde so abrupt unterbrochen. Ich merkte, einen Blumentopf konnte ich hier nicht mehr gewinnen und verabschiedete mich von den beiden so unterschiedlichen, aber doch so reizenden Däninnen. Ich gestehe es, die zierliche Nichtraucherin hätte ich am liebsten mitgenommen. *Sorry, such is life.* Tolle Nacht gehabt, beinahe eine Frau geküsst, hätte ich auch sagen können.

Ich ging in meine Kabine und kuschelte mich in meine Kissen. Oben auf Deck tobte noch die Disco und von meinen Kumpanen war nichts zu sehen. Dann wurde ich irgendwie wach. Ein junger Mann, etwa dreißig, versuchte das Bett über mir aufzuklappen. Von diesem vierten Schlafgenossen in unserer Kabine hatten wir nichts gewusst und ihn auch vorher nirgendwo gesehen. Er war sehr freundlich, legte sich bald hin, schloss die Augen und begann sogleich mit voller Lautstärke zu schnarchen. Na, dann brauchte ich ja keine Hemmungen mehr zu haben. Kurz danach krabbelte unser Rentner in seine Bettkiste. Ich drehte mich um und schlief weiter. Doch dann gab es irgendein Geräusch, was mich weckte. Es war bis auf einen kleinen Lichtspalt unter der Tür Ritze stockfinster. Nur eines merkte ich, zu viert waren wir nicht mehr. Der Stimme und dem leisen Gestöhne nach zu urteilen, war sie weiblich und unter zwanzig. Ich hatte es geahnt. Der kleine schwarze Wuschelkopf von nachmittags war auf unseren Studenten angesprungen. Wie man doch mit der Sprache spielen kann. In einer Heidelberger Kneipe hatte ein Witzbold ein großes Emaille- Schild angebracht, auf dem zu lesen war: Sprungzeiten der Bockhaltung von... bis... Ob und wieviel wir in unserer Kabine in den nächsten Stunden schliefen, vermag ich nicht zu sagen. Jedenfalls sah ich so morgens gegen 6 Uhr im Scheine der Badbeleuchtung einen kleinen Mädchen-Popo aus unserer Kabine entschwinden. „Ich hoffe, Ihr habt Euch nicht stören lassen", meinte beim Frühstück dann unser Student. Wir winkten nur kopfschüttelnd ab und versuchten unser heimliches Grinsen zu unterdrücken.

The next day

Das Frühstück selbst war typisch englisch *with bacon and eggs*, jedoch lieblos serviert. Mehr Massenabfertigung. Da es noch dauerte, bis wir in Harwich ankommen sollten, hatte ich beim Frühstück genug Zeit, meine Mitreisenden zu beobachten. Da gab es die Fünfundzwanzig- bis Dreißjährigen, graues, verwaschenes T-Shirt, zerschlissene schwarze Jeans, die nackten Füße in Jesuslatschen, die langen Haare nicht gekämmt. Sie wollten mit einem alten VW Bus einmal quer durch England bis nach Irland und zurück. Zeit für die Reise hatten sie offenbar genug. Als ich in dem Alter war, konnte ich es mir nicht leisten, mal eben für vier bis sechs Wochen ins Ausland zu fahren. Als Kontrast dazu die vier fünfzigjährigen Männer, grau meliertes Haar, Wildlederhose, blau-weiß kariertes Hemd, darüber eine ärmellose grau-grüne Jägerjoppe, am Revers in Silber gefasste Wildschweinzähne oder ähnliche jagdlichen Kennzeichen. Unten stand neben den Lastkraftwagen bestimmt ein grüner Mercedes Typ G Geländewagen mit Allradantrieb, meinte ich. Zur typisch englischen wilden Fuchsjagd wollten sie wohl nicht, denn dann wären sie bestimmt vom Sattel gestürzt. Aber gegen gutes, auf den Bahamas angelegtes Geld konnte man auch in Schottland, auf einem Hochsitz lediglich wartend, den Mehrender zum Abschuss einfach auf sich zutreiben lassen. Jagd soll ja angeblich auch sportlich sein. Am Nachbartisch zwei Rentnerehepaare. Sie hatten die Kurzreise nach Colchester für drei Tage hin und zurückgebucht. Graue Hose die Männer, Hosenbund oberhalb des Bauchnabels durch Hosenträger gehalten, kurzärmeliges Hemd für neun Euro neunzig von Aldi oder Lidl, dazu die grau-beigen orthopädischen Schuhe, genauso wie ihre Frauen. Natürlich bekommt man mit dem Alter Gehschwierigkeiten. Aber müssen denn alle orthopädischen Schuhe hell-grau sein? Diese Männer nannten auch ihre Frauen Mutti. Da haben wir es, da läuft nichts mehr. Und diese Muttchen mit ihrer Dauerwelle trotz des spärlichen Haupthaares packten sich beim Frühstück vor lauter Angst, sie würden nichts mehr abbekommen, das Müsli, den gebackenen Schinken, den Schmierkäse, die Orangenmarmelade und das Stück vertrocknete Sandtorte alles auf einen Teller schön brav übereinander, in der anderen Hand noch den Apfel oder Kiwi Frucht für ihren Gustav oder Willi schwingend, der das überhaupt nicht haben wollte. Aber das Personal war vorbildlich. Ohne eine Miene zu verziehen räumten sie die durch solche Nimmersatt verschmierten Tische stets freundlich auf. Sie kannten das ja schon und regten sich nicht mehr auf.

Schließlich fielen noch ein paar sportlich, sauber geklei-
dete Frauen und Männer etwa im Alter von dreißig bis vierzig Jahren auf. Als erstes legten sie auf den Tisch zur Re-
servierung jeweils zwei dicke Bücher, natürlich in englischer Sprache. Titel: *Tate Gallery. British Museum, the
History of London* und so ähnlich. Sie aßen gesundheitsbe-
wusst, keinen fettigen *bacon*, dafür aber Müsli und Obst,
Tomatensaft statt Orangensaft und nur eineinhalb Brötchen
mit Marmelade, aber ohne Butter. Sie machten mit ihren
Schülern eine Studienreise nach London. Hatte ich hatte es
mir doch gedacht. Aber wo waren die Schüler? Die ver-
pflegten sich selbst, erklärten sie. Innerlich schüttelte ich
nur mit dem Kopf. Während es sich die aufsichtspflichti-
gen Lehrer im Restaurant beim Frühstück bequem machten
und auch keinerlei Eile zeigten, tobten ihre Schüler, bar
jeglicher Führung und Lenkung, zum Entsetzen der anderen Passagiere durch das ganze Schiff, verschütteten Coca
Cola, ohne sie wenigstens aufzuwischen, ließen die fettigen Pommes-Reste samt Tüten auf den Tischen liegen und
scherten sich einen Teufel um die mahnenden Worte des
Schiffspersonals. *Very good education* hatten wohl die El-
tern gedacht, als sie ihre Sprösslinge mit ihren Lehrern für
gutes Geld gen England schickten. Auf die Lehrer bezogen
stimmte das wohl nur äußerlich. Ach ja, holländisch wurde
auch an einigen Tischen gesprochen. Ich hätte mich auch
gewundert, wenn das nicht so gewesen wäre. Schließlich
sind ja stets die halben Niederlande auf Reisen. Jedenfalls
habe ich auf meinen Reisen stets so den Eindruck, wenn
ich das proportionale Verhältnis der gelben Kennzeichen
mit dem NL zu anderen Verkehrsteilnehmern in Europa
rechne.

Die Hafeneinfahrt konnte ich mir nicht von Deck aus ansehen, was ein Fehler war, wie sich später herausstellen sollte. Stattdessen verstaute ich meine Sachen in meine Traktor-Reisekiste und wartete darauf, dass das große „Scheunentor" des Schiffes sich zum Hafen langsam öffnete. Der Reisebus durfte als Erster heraus. Danach wurde gleich vorbei an allen wartenden Pkw mein Traktor herausgewunken. Das Hafenpersonal, sichtbar an hell leuchtenden Überjacken, staunte und wies mich zum Zoll. *Nothing to declare. Have a good journey.* Und ich war in England. Doch wo musste ich lang? Da ich nicht oben an Deck gestanden hatte, hatte ich sämtliche Orientierung verloren und nicht mitbekommen, dass der Hafen zwar Harwich hieß, wir aber nicht dort, sondern ein paar Kilometer daneben angekommen waren. Nach ein paar hilflosen Umkreisungen linksherum, zum ersten Mal an zwei *round-about*, mehrfachem Fragen, wagte ich mich endlich auf die Fernstraße Richtung Westen, die aussah wie eine Autobahn. Immer schön links am Rand. Mir wurde angst und bange. Doch nach 15 Minuten Angst endlich der Abzweiger auf die Nebenstraße nun direkt entlang der Meeresbucht. Es nieselte und es war auch kalt. Aber ich war guten Mutes und erfreute mich an der wunderschönen leicht hügeligen Landschaft mit traumhaften, zum Teil nur zu erahnenden Herrensitzen in gepflegten Parks, gepflegten Gärten. Ich hatte beschlossen, möglichst nur auf Nebenstraßen zu fahren. Dass hierdurch die Reise fast doppelt so lang war, merkte ich erst am Abend bei der Ankunft in meinem ersten Quartier in Cratfield, nördlich von Ipswich, der Grafschaft Suffolk. Dafür war die Landschaft aber so beeindruckend, dass ich wirklich entschädigt wurde. Zuerst dachte ich. es seien riesige Golfplätze. Fast einen Kilometer weite, saftig grüne, sanft gewellte, hügelige, kurz geschnittene Grasflächen umrahmt von alten Eichenbäumen und hohen dunklen Hecken. Nur weit und breit keine Golfer, Golflöcher, Tümpel oder Fähnchen, wie sonst auf einem Golfplatz zu sehen. Stattdessen in der Feme ein großer Traktor mit einer breiten Mähmaschine und einem Grünfutterhänger. Das also war das Geheimnis. Silage auf Englisch. Das Gras, wie bei einem Golfrasen, immer schön kurz gehalten. Ein Gänseblümchen oder eine andere Wiesenblume hätte bei dem Rasierschnitt keine Chance, sich auch nur für einen Tag zu zeigen. Und wenn der Rasen eben über Jahrzehnte kurz rasiert wird, versuchte ich mir zusammenzureimen, und die Nachbargrundstücke ebenfalls nur diese tiefgrüne Grasmonokultur haben, braucht man auch kein Unkrautvernichtungsmittel. Eine bunte Almwiese in den Alpen und ein englischer Futterrasen können nicht gegensätzlicher sein. Doch was meinen die englischen Kühe dazu? Jeden Tag Silage ohne getrocknete Butterblumen, Distel und andere schöne Wiesenblumen? Schmeckt dann noch das Futter? Nicht einmal ein Maulwurfhügel war auf diesen grünen Flächen irgendwo zu sehen. Selbst die Hasen oder Kaninchen, die mir auf der Straße ständig über den Weg liefen, schienen das zu respektieren. „Hör mal zu Häschen, auf den Wiesen wird mir nicht gebuddelt", hatte der Großgrundbesitzer gesagt, „nur am Rande zwischen den kilometerlangen grünen Hecken".

Schließlich, es war inzwischen fast 7.p.m. geworden, war ich am Ziel. Ein zahnloser fünfundachtzigjähriger Opa wies mir mit seinem Krückstock den Weg. Was er mir sagte, hätte ich sowieso nicht verstanden. Eine Auffahrt über weißen Kies, links und rechts Trauerweiden, im Hintergrund ein rötliches, längliches Haus mit drei Kaminzügen auf dem Dach. Wie aus einem Katalog von Laura Ashley. Freundlich begrüßte mich Ann, die Wirtin. Ich weiß nicht, ob sie sich meinetwegen besonders Mühe gab. Aber ihr Englisch war bühnenreif. Sie konnte ich gut verstehen. Das Mansardenzimmer urgemütlich mit geblümter Bettwäsche. Alles war perfekt. Aus dem Fenster ein herrlicher Blick auf ein großes gelbes Rapsfeld. Ob ich schon Tee getrunken hätte? Sie würde sofort einen aufgießen. Dieses Ritual, und so muss man es wirklich bezeichnen, gehört in England einfach dazu. Begrüßung ohne Tee ist in England wirklich wie Kirche ohne Amen. Sie stellte mir noch ein paar typische Sandkekse zum Tee dazu. Ich hätte doch bestimmt Hunger. Nicht weit entfernt sei ein sehr schöner Pub, dort könne man gut und preiswert essen. Ihr Ehemann Bob würde mich gern dahin begleiten. Er hätte zwar schon zu Abend gegessen, aber auf ein Bier käme er bestimmt gern mit. Wie Recht sie doch hatte. Bob war aus Texas, war in der Welt beruflich viel herumgereist und hatte vor dreißig Jahren Ann geheiratet. Er hatte etwa mein Alter und sprach zum Glück nicht dieses Texanisch wie manche bekannte US-Präsidenten. Wir verstanden uns sofort und so zogen wir Arm in Arm, es gab nur einen Schirm und es regnete inzwischen kräftig, zum Pub. Der hätte nicht englischer sein können. Small talk an der Theke. Das Glas *ale* bis zum Steg gefüllt. Ich plörrte erst einmal alles nass. Aus einem vollgefüllten, englischen Bierglas zu trinken will gelernt sein. Wir setzten uns an den Holztisch neben dem Kamin und erzählten, während ich auf meine Fleischpastete wartete. Die war ausgezeichnet und ihr Geld wert.

Auch später stellte ich immer wieder fest, dass man auch in England in den alten Pubs zu einem angemessenen Preis gut und schmackhaft essen kann. So schlecht ist die englische Küche wirklich nicht, jedenfalls im dritten Jahrtausend. Man muss nur die mit Hingabe gekochten landestypischen Gerichte bestellen. Ist auf der Karte ein Gericht mit gebackenen Nieren, sollte man es sich unbedingt bestellen. Besser als in England habe ich sie woanders nie gegessen. Keine Angst, die Nieren waren sehr gut gespült. Bob erzählte mir, dass ihre jung verheiratete, gemeinsame Tochter vor ein paar Jahren an Hodgkin verstorben sei. Um über den Schmerz des Verlustes hinweg zu kommen, habe seine Frau begonnen, Zimmer an Gäste zu vermieten, um sich nicht weiterhin abzuschotten. In Deutschland sei er noch nie gewesen. Aber er hätte ein Hobby, er sammle Militaria, besonders deutsche und aus dem Dritten Reich. Ob ich auch interessiert sei? Nein, sagte ich, wollte aber auch nicht unhöflich sein. Schließlich ist ja zunächst am Sammeln solcher Dinge noch nichts Unwürdiges. Oberflächlich betrachtet ist es vielleicht genauso verrückt wie mein Traktorfahren. Er konnte ja nicht wissen, dass sein Gegenüber eher zu den Pazifisten gerechnet werden müsste. Ich setzte mein Pokerface auf und suchte ein anderes Thema. Dazu verlässt man am besten zunächst einmal seine Position. Ich stand also auf und holte uns einen Drink. So erfuhr ich auch gleich den Bierpreis in einem englischen Pub. Man zahlt dort seinen Drink direkt an der Theke. Ich war überrascht. Zwar ist mengenmäßig in unserem metrischem System *a half pint* nicht ganz ein halber Liter, aber immerhin wesentlich mehr als Drittel oder Zweifünftel Liter Bierglas in Deutschland. Für meine zwei halben Pints musste ich weniger zahlen als in Norddeutschland. Also keine skandinavischen Preise. Dann trollten wir heimwärts. Bob gab zuhause noch einen Calvados aus, seine Schäferhündin ließ sich noch einmal von mir streicheln und ich ging schlafen.

The third day

„English or european breakfast", fragte mich die Wirtin, als ich die Frühstücksveranda betrat. Nun, meine Antwort war klar und dies auch für die gesamte Reise. Neben einer großen Kanne Tee stand ein großer Teller in blauer Wedgwood Keramik vor mir. Gebratener Speck und gebackene Bohnen in Tomatensauce, Rührei, gebackene Tomatenhälften und Pilze. Englischer hätte es nicht sein können. Natürlich der Toast in Dreiecksform. Eigentlich hätte das schon gereicht. Aber auf die selbstgemachte englische Marmelade in den kleinen Töpfen daneben war ich auch neugierig. Die Wirtin zog sich dezent zurück und kam erst wieder, als ich meine dritte oder auch vierte Tasse Tee getrunken hatte, so gut schmeckte er, um mir gleichzeitig zu erklären, Bob hätte bei meinem Traktor schon alles kontrolliert. Öl und Wasserstand seien in Ordnung. Ich gab ihr meinen Übernachtung-Voucher. Nein, den Zuschlag für das Einzelzimmer nähme sie nicht. Sie freue sich über jeden angenehmen Gast und Bob auch. *What a compliment.*

Draußen begrüßten mich freundlich Bob und sein Schäferhund. Noch ein kleiner Plausch und Bob öffnete das breite Gartentor, um mich mit meinem Traktor herauszulassen. *„See you again".* Auf dem Rückweg wollte ich wieder bei ihnen übernachten.

Mein nächstes Ziel sollte der Ort Caister neben Great Yarmouth an der Küste sein. Da ich schon morgens um neun Uhr gewissermaßen im Sattel saß, hatte ich genug Zeit, mich langsam Richtung Nordosten zu schlagen. Ich wollte quer durch das Land und nicht direkt an der Küste entlang fahren. In Gedanken hatte ich immer noch meine landschaftlichen Eindrücke vom Vortage, denn jetzt änderte sich das Bild. Die Herrensitze mit den Parks und die wellige grüne Landschaft von gestern hatte ich schon einmal gesehen, und zwar vor rund 40 Jahren in der *National Gallery of London.* Es waren die Maler Constable und Gainsborough, die diese Landschaften in ihren Gemälden immer wieder abgebildet hatten. Doch nun ging es in Richtung *the broads*, einem circa 30 mal 30 Kilometer großen, von Tausenden von Flüssen und Kanälen durchzogenen Flachland, das sich von Norwich bis an die Küste der Nordsee im Osten erstreckte. Doch bevor der Salzgehalt in der Luft sich durch die Nähe des offenen Meeres sich merklich erhöhte, kam ich noch durch viele kleine Ortschaften. Die Kirchen standen nur sehr selten mitten im Ort wie auf dem europäischen Festland, sondern waren am Rande oder sogar etwas abgesetzt davon, in der Regel von einem uralten Friedhof umgeben. Die Normannen hatten über das Meer von Osten kommend vor rund eintausend Jahren England besiedelt. Für den Reisenden nicht zu übersehen, als Zeichen ihrer Macht und ihres Einflusses hatten sie große Felsenkirchen im romanischen Stil erbaut. Der Kirchturm war trotzig und vierkantig und ohne Spitzdach direkt als ein Teil des Hauptschiffes und nicht wie zur gleichen Epoche im Norden Deutschlands und dem südlichen Skandinavien abgesetzt vom Kirchenbau frei stehend daneben. Obwohl oft sehr einsam gelegen, waren die Kirchen nie verschlossen. Wenn man den vergrünten und verwachsenen Friedhof mit teilweise schräg stehenden Grabsteinen aus dem Mittelalter überquert und die seitliche schwere Holztür mit Knarren geöffnet hatte, erhob sich jedes Mal kreischend ein großer Schwarm von Vögeln aus irgendeiner Nische. Ein großer Schreckmoment. Man kam sich vor, als sei man in einem sehr spannendem Sherlock Holmes Krimi. Vor diesem dunklen Uraltgemäuer parkte ich meinen knallig blauen Traktor, während ich das Gotteshaus von innen erkundete. Der Gegensatz zwischen dem blauen Traktor, den alten oft sechshundert Jahre alten Grabsteinen und dem dunklem Felsengrau der Kirche hätte nicht größer sein können. Innen absolute Stille, außer ein paar Raben oder auch Tauben in der Apsis. Die Fledermäuse waren mucksmäuschenstill. Der letzte Tourist war hier vor drei oder vier Wochen gewesen, wie ich aus den Eintragungen entnehmen konnte. Auf den Betbänken knallbunte leuchtende Kissen, deren markantes Muster sicherlich ein bestimmtes Rangsystem oder eine andere Ordnung hatte, die ich aber als Nichteingeweihter nicht interpretieren konnte. An den steinernen, seltener bronzenen Taufbecken konnte man das Alter der Kirche erahnen. Ich trug mich in das Besucherbuch ein, warf noch einmal einen ehrfurchtsvollen Blick zurück in die Kirche, schloss das schwere Seitentor und auch das eiserne Gitter davor - wieder rauschten kreischend die Vögel davon-, bestieg meinen wartenden Traktor, ich hätte auch Rappen sagen können, und begab mich in Richtung Meeresluft.

Das Land wurde immer flacher, die Wiesen etwas grauer, die Kanäle immer breiter, das Schilf dichter. Ich näherte mich den sogenannten *broads* oder war schon mittendrin. Größere Wohnansiedlungen wurden immer seltener. Dafür sah ich in der Feme viele Windmühlen. Es hätten die Niederlande sein können. Schnepfen, Reiher und andere Wasservögel scheuchten bei dem Getuckere meines Traktors auf und zogen das Weite. Eigentlich war eine gemütliche Pause angesagt. Es dauerte aber noch lang, bis ich hoch von einer Kanalbrücke aus unten am Wasser eine sommerliche Raststätte entdeckte, gleich mit einer Tankstelle für die vielen Freizeitboote, die weiter ab hinten am Steg angezurrt waren. Meinen Fordson hatte ich natürlich mit der scheinheiligen Begründung, ich müsse ihn immer im Auge behalten, direkt ans Wasser herangefahren und geparkt. Und was trinkt man in England? Selbstverständlich einen riesigen *pot of tea,* selbst hier in der fast von Gott verlassenen Gegend. Und der Tee war, das muss ich sagen, auch hier vom Feinsten. Oder war es nur die Stimmung, die ein bayerisches Weizenbier aus der Flasche in Ruhpolding einfach besser schmecken lässt als aus der gleichen Flasche in Bremen oder Hamburg? Ich studierte meine Karte. Entweder ich wendete mich scharf nach Osten und dann nach Norden, um nach Caister, meinem nächsten Übernachtungsort zu kommen, musste dann aber über Schnellstraßen fahren und wäre in nur zwei Stunden schon am Ziel gewesen oder aber ich hielte mich Richtung Nordwest, um auf der Höhe von Norwich nach Osten Richtung Meer zu fahren. Der Grund dieser Wahlmöglichkeiten war, es gab zwischen der größeren Stadt Norwich und der Küste, die neben den vielen kleinen Flussläufen und Kanälen auch das größere Gewässer *Yare* verband, nicht eine einzige Brücke, über die man hätte fahren können. Schließlich sah ich aber auf meiner Karte genau im Norden ganz klein gedruckt *Reedsham Ferry*. Kein Hinweis, ob die Fähre noch im Einsatz ist, ob sie eine reine Personenfähre ist und nur Fahrräder mitnimmt. Ich beschloss, es dennoch zu versuchen. Schließlich musste man ja auch irgendwo einmal den Fluss mit einer Viehherde überqueren können, denn die Anzahl der Kühe und Schafe links und rechts auf den Auen nahm sichtlich zu. Auf dem Wege nach *Reedsham* mehrten sich meine Zweifel, eine für Wagen transportfähige Fähre anzutreffen, denn die Straße war wirklich nur noch einspurig, was in England was heißen will. Die zweispurigen Nebenstraßen sind in England auch nicht breiter als unsere einspurigen Wege für die Land-und Forstwirtschaft.

Vor lauter Schilf rechts und links hatte ich den Deich zunächst nicht bemerkt. Irgendetwas hatte sich verändert, ich hielt an und erleichterte mich am Straßenrand stehend zunächst von überschüssiger Flüssigkeit in der Meinung, ich sei völlig einsam und allein, als plötzlich wie aus dem Nichts zwei Pkws auftauchten. Peinlich, peinlich. Und als ich mich dezent in die andere Richtung drehte, sah ich plötzlich hinter dem Schilf einen Deich und die Spitze eines weißen Segels, auch hörte ich in der Nähe menschliche Stimmen sich unterhalten. Das „Patengeschenk" schnell eingepackt und hoch auf den Deich. Wie ein Mäander zog sich schlängelnd ein etwa dreißig Meter breiter Fluss durch die Landschaft. Das Segelboot hatte ziemlich Fahrt und der Skipper war voll damit beschäftigt, sein Boot um die engen Kurven herumzubekommen. „*Hell*o", rief ich und die Begleitung des Sailors winkte mir freundlich zu. Oben vom Deich hatte ich einen einmaligen Blick. Ich meinte; bis zum Meer sehen zu können, doch das war noch circa 30 km entfernt. Gleich mehrere Wasserläufe, der Fluss, viele Gräben und Kanäle. Alles flach und überall Kühe und Schafe. Keine Hecken mehr, dafür aber Zäune und Gatter. Viele Windmühlen zum Wasserpumpen zur Entleerung der Kanäle und Gräben, die aber momentan nicht zu arbeiten schienen. Weit und breit kein Gehöft, kein Mensch. Doch die zwei Pkw, die mir gerade aus der Gegenrichtung kommend begegnet waren, stimmten mich zuversichtlich. Dahinten musste wohl doch irgendwo eine funktionierende Autofähre sein.

Noch eine halbe Stunde Fahrt und sie kam in Sicht. Der Fluss dort war etwa 40 Meter breit, auf der Gegenseite, wo gerade die Fähre angelegt hatte, ein hübsches altes Fährhaus. Auf die Fähre passten so gerade hintereinander stehend ein Pferdegespann oder knapp zwei Pkws. Mal sehen, was passiert. Vor mir wartete schon ein Wagen. Einen Motor hatte die Fähre nicht, sondern wurde allein an einer Kette hängend durch Versetzung zur Strömung von dem Fährmann von der einen zur anderen Seite gesteuert. Er winkte mich auf die etwas schwankende Fähre, die er mit Manneskraft über eine Winsch am Ufer hielt. „Guten Abend, Sir", begrüßte er mich freundlich auf Deutsch und lächelte freundlich. Einen Traktor aus Deutschland hatte er bestimmt noch nie hier befördert. Ob ich auch zur Strumpshaw Rally wolle, erkundigte er sich richtig erahnend. Als ich meine Fährpassage zahlen wollte, schüttelte er nur lachend den Kopf. „*But don't tell it my boss*", ergänzte er. Ich bedankte mich und fuhr nun Richtung Meer.

Jetzt, auf der nördlichen Seite des Flusses, den ich gerade überquert hatte, gab es wenigstens ein paar Ansiedlungen. Hier hätte ich jedenfalls Hilfe bekommen, falls mein Traktor versagt hätte. Menschen aber sah ich nicht. Dafür mehrfach ganze Großfamilien von wilden Schwänen, Fischreiher und auch die ersten Möwen. Ein Zeichen, dass mein Ziel Caister nicht mehr fern sein könne. Am Ortseingang war ein Schild, dass der Ort zweitausend Jahre alt sei. Gut, in Frankreich oder Italien hätte ich das so hingenommen. Aber hier in Ostengland, über 100 km nördlich von London? Meine Wirtin in Caister bestätigte mir später, dass ich durchaus richtig gelesen hätte, dass die alten Befestigungsanlagen der Römer zum Teil noch zu erkennen seien und dass man hier im Museum viele Funde der Kultur in Ostengland vor zweitausend Jahren zeigte, aus einer Zeit, als die Germanen im Norden Deutschlands noch gewissermaßen auf den Bäumen saßen, wie man gern spöttelnd sagt. Hier hatte man schon großzügige Hafenanlagen und militärische Verteidigungsanlagen vom höchsten Stand gebaut, „als ein Gebot von dem Kaiser Augustus ausging", dachte ich. Very, very old England. Meine Pension war wieder ein

Volltreffer. Ich fragte mich immer wieder, warum die Vermieter ihr gesamtes schönes Heim Fremden zur Verfügung stellten. Die Einrichtung gediegen, die Wirtsleute gepflegt. An Geldnot könne es nicht liegen. So richtig habe ich das aber nie herausbekommen. Wer spricht schon gern über Geld? Meine Wirtin wollte es erst überhaupt nicht glauben, dass ich mit dem Traktor gekommen sei, als ich nach einem Parkplatz fragte. Sie hätte das bei meiner telefonischen Anmeldung für einen Witz gehalten. Noch eine Ehrenrunde an der kilometerlangen Strandpromenade. Ich fand sie schrecklich mit all den grellen Beleuchtungen, den Spielbuden mit ihren „einarmigen Banditen" und den hässlichen Pommes-Buden. Weiter nördlich war eine sehr breite Dünenanlage. Nur ein paar Hunde mit ihren Besitzern tummelten sich dort noch am Abend. Auch hier war der eigentliche Sandstrand nur drittklassig. Ich fuhr ein paar Kilometer zurück nach Norden, woher ich gekommen war. Dort waren die Vororte noch gemütlicher und die Portion Fish and Chips dort schmeckte besser als in einem noblen Fischrestaurant. In meinem Bad mit Blümchentapete putze ich mir noch die Zähne und innerhalb von nur fünf Minuten war ich in der Welt des Morpheus.

The fourth day

Diesmal war Caister Castle angesagt, etwas außerhalb des Ortes liegend. Neben einer alten Burgruine aus dem Mittelalter, die aber auch noch funktionsfähige Räume hatte, war eine private Kollektion von über 200 alten Personenkraftwagen und Motorräder. Während ich nun so durch das

Museum schlenderte, wurde ich vom Personal angesprochen, ob das draußen vor der Einfahrt mein Traktor sei, ob ich wirklich aus Deutschland gekommen sei. Als ich ihnen das bestätigte, tauchte plötzlich der Kurator des Museums auf, stellte sich und dann in einer höchst persönlichen und individuellen Führung mir das ganze Museum mit jedem einzelnem Exponat vor. Na, dachte ich, der Tag beginnt ja gut. Neben einem italienischem *Benelli* Motorrad von 1978 und, sage und schreibe, mit einem Sechszylindermotor bestückt, dem ersten Motorrad in der Welt, hatten es mir die dampfgetriebenen Personenkraftwagen angetan. So erfuhr ich, dass schon im Jahre 1906 in den USA mit einem *Stanley Steamer* Pkw ein Weltrekord von 127 mph, das sind rund 200 Stundenkilometer, gefahren worden war. Gestartet wurde der Wagen ähnlich wie bei einem Lanz- Bulldog mit einer Lötlampe. Dann stand dort stolz ein *Rolls-Royce* mit Dampfbetrieb, in knalligem Gelb und von gleichen Ausmaßen wie der *White Steamer*. Von Tonneau in den USA im Jahre 1904 gebaut, konnte dieses Gefährt über 100 Meilen fahren, erst dann nahm er mit eigener Pumpe und eigenem Schlauch Wasser aus irgendeinem Tümpel oder Bach auf. Damit das Aufheizen nicht so lange dauerte, hatte der Wagen einen sogenannten Semiflash-Boiler. Mit seinen zwei Zylindern entwickelte er 18 PS. So ein Wagen war noch von dem Lieblingspräsidenten der Amerikaner, Roosevelt, in seiner Amtszeit benutzt worden. Jedes Gefährt hatte seine eigene Geschichte wie der *Hispano-Suiza* aus dem Jahre 1946, der mit seinen 5,1 Litern und 120 PS seinerzeit das teuerste Auto der Welt war. Die Erzählungen des Kurators wollten nicht enden. Ich versprach ihm, noch

Literatur über seinen deutschen sechs-oder achtzylindrigen Stoewer aus den zwanziger Jahren zu beschaffen, der in Stettin gebaut wurde, der Hersteller aber in Deutschland extrem selten ist. Dann verabschiedeten wir uns freundlich. Selbstverständlich noch ein *fotoshot* vor dem Museum.

Der Rest des Tages sollte diesmal auch ohne Traktor ablaufen. So fuhr ich zum kleinen Sackbahnhof des Ortes, der direkt neben den zweitausend Jahre alten römischen Verteidigungslinien lag, und stellte meinen Fordson, gut sichtbar für die Taxifahrer und so ständig unter Kontrolle, neben dem Taxistand ab. Dann kaufte ich mir ein Ticket nach Norwich und zurück für nur rund sieben Euro. Am Schalter fiel mir ein Witz aus meiner Schulzeit ein: Ein Engländer steht in Paris am *gare du sud* am Fahrkartenschalter, beugt sich herunter und sagt: *Tuutuutuluu*. Der französische Bahnbeamte schüttelt nur den Kopf. Der Engländer wiederholt mehrfach *tuutuutuluu*. Da wird es dem Bahnbeamten zu bunt. Er steckt den Kopf aus der Luke und ruft: *täätäätärää.* So ergeht es einem, wenn man die gesprochene Landessprache nicht optimal beherrscht und in Paris für zwei Personen eine Fahrkarte nach Toulouse in englischer Sprache kaufen will. Nun, mich hatte man jedoch in Caister verstanden. So saß ich in dem Triebwagen, der mit einer Geschwindigkeit, dass der ganze Wagon von links nach rechts schaukelte, unter lautem Hupen die Kühe verscheuchend auf dem einspurigen Gleis gen Norwich raste. Mir wurde etwas mulmig, als ich an die Berichte über die Zustände bei den British Railways dachte. Ich konzentrierte lieber meine Beobachtungen auf die wilden

Schwäne in den Broads und bewunderte voller Interesse die kleinen alten Minibahnhöfe, an denen wir anhielten, die alle rund hundert Jahre alt waren und wie aus einem Baukasten aus einer Märklin Eisenbahn aussahen. Den krönenden Abschluss aber machte der Zielbahnhof Norwich, die verkleinerte Ausgabe der Victoria Station in London. Genauso wie in den fünfziger und sechziger Jahren, als ich dort mehrfach meine Schwester besuchte. Alles bestens erhalten, sauber und gepflegt. Keine leuchtende Neonreklamen, keine dreckigen Imbissbuden. Der Terrazzoboden so sauber, dass man fast darauf hätte essen können. Draußen auf dem Bahnhofsvorplatz genau der gleiche positive Eindruck. Über eine schöne alte Brücke, die über einen mit alten Bäumen umrandeten Kanal führte, ging es zur Stadt.

Ich hatte mir das Teapot-Museum in der Burg vorgenommen. Über eintausend verschiedene Tee Töpfe und andere Utensilien aus sämtlichen Epochen. Leider waren die vielen Töpfe in den Vitrinen zu eng gestellt. Mit mehr Platz wären sie noch besser zur Geltung gekommen. Ich erfuhr, dass es immer noch nicht geklärt sei, ob man zuerst die Milch und dann den Tee in den Becher oder die Tasse gibt oder umgekehrt. Ich lernte aber auch, dass die Teekanne nur deshalb vorher mit heißem Wasser ausgespült werden musste, damit die Keramik beim Eingießen des kochenden Wassers nicht entzwei ging. Heute sei das Material erheblich besser, so dass diese Vorsichtsmaßnahme nicht mehr erforderlich sei. Beim Verlassen des Foyers sah mich aus einer Tür ein riesig großer Bär an. Ich kehrte um und schon war ich in einer sehr schönen zoologischen Sammlung, in der quasi sämtliche Tiere Europas in Originalgröße ausgestopft zu sehen waren. Bei den Vögeln waren sogar zusätzlich die Nester mit Gelege in Originalgröße zu sehen. Im Touristenshop leider nur der übliche billige Ramsch. Also ging ich.

Kaum hatte ich die Burg verlassen, befand ich mich auch schon in einer riesigen Einkaufspassage mit großen eisernen Kandelabern aus der Zeit der Queen Victoria. *Marvelous, splendid, exciting* dachte ich. Obwohl ich des Englischen nur mäßig firm bin, fielen mir immer mehr englische Worte im Laufe meines Aufenthaltes ein und ich erwischte mich dabei, dass ich auch englisch dachte. Der erste Schritt zum Erfolg des Beherrschens einer Fremdsprache. An Colmans Mustard Shop konnte ich natürlich nicht vorbeigehen, obwohl dieser in seinem knalligen Senfgelb mehr für ausländische Touristen gedacht war. Ich probierte alle Sorten von Senf durch und kaufte schließlich, nachdem mein Gaumen schon brannte, ein kleines Säckchen gepulverten Senf mit Thymian.

Hinter der Passage eröffnete sich auf einem großen Platz der Markt mit vielen Buden und Ständen, die alle durch überdachte Gänge miteinander verbunden waren. Hier konnte man in facto alles kaufen. Neben Schmuck, Fisch, Pullovern, Fleischspießen, Keramik, Tonträgern und Gemüse wirklich alles und zum Teil von sehr guter Qualität. Diesmal kein Ramsch und die Verkäufer sauber, gepflegt und stets äußerst freundlich, ohne sich aufzudrängen, wie man es häufig auf anderen derartigen Märkten erlebt.

Das nächste Ziel meiner Stadterkundung sollte die Kathedrale sein. Auf dem Wege dahin, der sehr gut beschildert war, alte Fachwerkhäuser aus dem Mittelalter. Bevor ich das Hauptportal durchschritt, hatte ich das Gotteshaus selbst als normal groß eingeschätzt. Doch eingetreten erstarrte ich vor Ehrfurcht und Bewunderung. Zwischen dem Hauptschiff und den beiden riesigen Seitenschiffen Säulen, die von acht Menschen nicht umfasst werden konnten. In circa 40 bis 50 Meter Höhe ein einmaliges Kreuzgewölbe, das ich bisher in seiner Schönheit noch nie in meinem Leben gesehen hatte. Dann am Ende gen Osten eine große Orgel halbhoch, unter der ich aber zum Vorschiff weitergehen konnte. Ich dachte, dahinter sei nur noch die kurze Apsis. Aber weit gefehlt. Das Hauptschiff vorne hatte schon eine Länge von gut 100 Metern oder mehr. Aber durch die Orgel verdeckt ging es dort fast noch einmal so weit bis schließlich hinter dem erhöhtem Chorgestühl die Apsis und zwei weitere Seitenschiffe nach dem Grundriss eines Kreuzes zu durchschreiten waren. Als ich noch einmal zum Hauptportal zurückschaute, dachte ich, dass man hier den gesamten Kölner Dom verstecken könnte. Vielleicht ist alles ein wenig übertrieben. Aber der Eindruck, auch nach mehreren Monaten und Jahren, ist mir geblieben. Vor lauter Ehrfurcht tat ich etwas, was ich als Agnostiker noch nie getan hatte: Ich kaufte eine Kerze, zündete sie an, stellte sie zu den anderen und sprach innerlich eine Hoffnung aus. War es die Jahreszeit oder die Tageszeit, war es die Tatsache, dass Ostengland nicht unbedingt von europäischen Touristen überlaufen wird? Überall in Norwich und besonders hier in der tausendjährigen, von Normannen erbauten Kathedrale sah man nur sehr wenige Touristen. Und die störten auch nicht.

Zurückgekommen am Bahnhof wartete bereits der Triebwagen zurück nach Caister. Nur diesmal war fast jeder Platz schon besetzt. Es war Feierabend und die Leute fuhren von ihrer Arbeit zurück aufs Land. Was aber jetzt passierte, ließ mich schmunzeln und steckte mich sogleich auch an. In meinem Waggon ohne Abteile, in dem etwa 60 bis 80 Menschen Platz hatten, zog sofort nach der Abfahrt mindesten jeder Zweite, wenn nicht noch mehr, sein Mobiltelefon aus der Tasche und begann, laut und vernehmlich zu telefonieren. Dabei konnte wegen der Enge jeder jeden verstehen oder wegen des Sprachwirrwarrs vielleicht auch überhaupt nicht. Jedenfalls war es ein unendliches lautes, summendes Gebrabbel, wie ein Haufen fliegender Ameisen, die zum Start ansetzten. Meine Tochter hatte mir schon berichtet, dass das nun von mir Beobachtete in Londons Metro durchaus üblich sei. Real aber hatte ich das noch nie erlebt. Also zog auch ich mein Handy aus der Tasche und rief diesmal meine Tochter an, nur so, um mich dem verrückte Treiben anzupassen. Mein Traktor hatte am Bahnhof brav auf mich gewartet und fuhr mich in meine Privatpension.

The fifth day

Ich war früh aufgestanden und hatte wie immer gut gefrühstückt. Die Sonne schien. Im kleinen Kramladen hatte ich mir noch etwas Proviant für den Tag gekauft und ab ging es, diesmal mit dem Traktor Richtung Norwich im Westen.

Da es keine Nebenstraßen gab, war ich leider gezwungen, auf der viel befahrenen Hauptstraße, die nur zweispurig war, den Verkehr aufzuhalten. Wenn ich dann links an die Seite herangefahren war. um den Stau hinter mir vorbei zu lassen, winkten mir die Engländer sogar noch freundlich zu. Ansonsten hatte ich auf der ganzen Reise niemals einen Stau vor mir. In Deutschland hätte man bestimmt wütend gehupt. Schließlich kam die Abzweigung nach Strumpshaw. Die Ausschilderungen zur Steam Vehikel Show waren schon zu lesen und so kam ich mit meinem Oldie auf einem Gutshof mit einem Herrenhaus von 1618, umgeben von einem großem Park, an. An der Toreinfahrt das große Erstaunen. Ob ich mich angemeldet hätte? *„Sorry, No"*. *„But it doesn't matter"*. Ob ich *piggyba*ck, also mit dem Traktor auf dem Trailer nach England gekommen sei? Ich verneinte. „M*y compliment"*, meinten sie und staunten. Doch nun war ich es, der zu staunen anfing. Überall standen und fuhren riesige mit Dampf getriebene Lokomobile. Na, dachte ich: Und ich dann mit meinem kleinen Traktor.

Doch es sollte anders kommen. Jedenfalls schienen die Buschtrommeln zu funktionieren. Es dauerte keine fünf Minuten und schon tauchte der Kurator des Museums und Initiator der Show auf. Freundlich begrüßte er mich und fragte mich nach meiner Reise aus. Voller Stolz zeigte er mir sein Museum, in dem neben riesigen Lokomobilen auch eine riesige noch funktionsfähige Pumpanlage stand, die an einem Tag eineinhalbtausend Gallonen, das ist fast sieben Millionen Liter, Wasser befördern konnte. Alte dampfgetriebene Karussells aus der Jahrhundertwende mit bunt bemalten Pferden mit großen Nüstern. Eine originale

Hammond-Orgel, eine Kirmesorgel und vieles mehr gab es zu sehen. Dazwischen überall Männer in Overalls, die fleißig die Maschinen putzten und ölten und wohl zur Ausfahrt fertig machten. Draußen genau das gleiche Bild. Auf dem Wirtschaftshof des Herrenhauses und teilweise schon im Park riesige dampfgetriebene Lokomobile. Dunkler, fast schwarzer Dampf aus den Schornsteinen, zum Teil in dicken Schwaden. Daneben suchte irgendwo heller Wasserdampf seinen Weg. Bis auf einen Hund auf einem Lokomobil hatten fast alle einen Overall an, eine Ölkanne und einen Putzlappen in der Hand. Die Männer ölten fleißig die Maschinen. Immerhin gibt es bis zu 60 Ölstellen an einem Lokomobil, die in regelmäßigen Abständen nach einem Schmierplan versorgt sein wollen. Die Frauen polierten wahrscheinlich mit Sidol oder etwas Ähnlichem sämtliche blanken Teile der Maschine. Alles glänzte, selbst die schwarzen Teile. Überall roch es nach Steinkohlenteer, aber keinesfalls unangenehm. Eher wirkte es stimulierend wie eine Droge. Schön war es für mich zu sehen, dass nicht nur alte Rentner diesem Hobby frönten, sondern dass junge Väter samt ihrer ganzen Familie damit beschäftigt und alle integriert waren. Vor mir fuhr so ein Ungestüm zur ersten Probefahrt in Richtung Park. Die junge, hübsche, etwa achtundzwanzigjährige Frau im Overall, die Haare mit einem Band hochgebunden, die Hände leicht verschmiert, stand hoch oben auf der linken Seite des Lokomobil und steuerte über eine Kurbel, die sie wegen der Übersetzung mit sehr großer Geschwindigkeit mehrfach herumdrehte, das Gefährt um eine dreihundert Jahre alte Eiche herum. Ihr Ehemann stand rechts und kontrollierte derweil die Manometer und andere Anzeigen, dabei das Arbeiten der

Pleuelstangen immer im Auge habend. Ab und zu öffnete er die Luke zur Feuerungsstelle und warf eine Schaufel von etwa faustgroßen Steinkohlebrocken nach, die er aus dem Reservoir unter dem Hintersitz geholt hatte. Der etwa siebenjährige Sohn versuchte immer wieder, an dem Seil zu ziehen, welches das Ventil zur Dampfpfeife öffnete. Ab und zu gelang ihm das und ein kräftiges, helles „Pfifft" war zu seiner und anderer Freude zu hören. Natürlich blieb dieser gellende Pfiff von den anderen Maschinen nicht unbeantwortet. Den Golden Retriever, der es sich auf der Sitzbank des Lokomobil genüsslich bequem gemacht hatte, störte es nicht mehr. Er zog nur lässig die linke Augenbraue hoch, als auch ich mit dem Signalhorn meines Traktors mit einem kräftigen Muuh auf das Pfeifen antwortete.

Währenddessen füllte sich der Vorplatz immer mehr. Die ersten Gefährte nahmen ihren endgültigen Standort im großen Park des Anwesens ein. *Take a cup of tea,* hatte der Kurator gesagt und so kam ich auch sehr schnell mit den Leuten ins Gespräch. Ob ich hier bleiben und an der *Steam Vehikel Rally* teilnehmen wolle. Ich bejahte. Der Kurator kam, wir sollten alle nach vorne mit unseren Gefährten in den Park kommen, die BBC sei zu Aufnahmen für die Abendnachrichten gekommen, ich solle auch kommen. Ich schlenderte los. Erst jetzt merkte ich, was sich in der Zwischenzeit, als ich im Museum war und meinen Tee trank, alles getan hatte. Im Halbkreis hatten sich schon etwa fünfzehn Lokomobile auf dem großen Rasen positioniert. Dazwischen aber wuselten noch viele kleine Lokomobile und dampfgetriebene Kleinlastwagen wie Ameisen herum. Erstere hatten die Größe von einem Sechzehntel der großen

Gefährte und waren ein Originalnachbau ihrer großen Geschwister. Ihre Besitzer saßen dabei meistens hinten auf den Anhängern, die oft als Kohletender mit einer Bank dienten. Während Kameramänner noch mit der richtigen Einstellung beschäftigt waren, kam eine junge Redakteurin der BBC auf mich zu. Ihnen sei bei ihrem Kommen sofort mein blauer Traktor mit deutschem Kennzeichen aufgefallen. Sie hätten vom Veranstalter der Show schon von mir erfahren. Ob ich zu einem Interview und zu kurzen Filmaufnahmen bereit sei. Ja, aber mein Englisch? Sie schüttelte nur den Kopf. *No, your english is really very good.* Na, dachte ich, das *very* und *really* hätte sie sich auch ersparen können. Zum Glück hört und sieht man mich ja nicht in Deutschland. Das wäre mir peinlich gewesen. Ich willigte ein. Der Kameramann stellte sich samt Kamera hinten auf meine Ackerschiene und ich zog im Schrittgang fahrend langsam durch den uralten Park mit den dreihundert Jahre alten Eichenbäumen und um die großen und kleinen Lokomobile herum. Dann noch einmal, diesmal mit Kameraeinstellung von vorne, stets bemüht ein natürliches Lächeln aufzusetzen. Das ist ganz schön schwer, im Rampenlicht zu stehen, wenn man es nicht gewöhnt ist. Anschließend ein Interview, ich auf dem rechten Vorderreifen sitzend, meine blaue Fordson-Mütze auf und die Fragen beantwortend. Die Folgen dieses Interviews merkte ich dann erst am Abend und an den darauf folgenden Tagen.

Die Zeit verging wie im Fluge und ich musste mich langsam in Richtung meines nächsten Nachtquartiers bewegen. Leider hatte ich in der Nähe nichts mehr buchen können und so war mein nächstes Ziel Spooner Row südlich von

Norwich. Um dorthin zu gelangen, fuhr ich zunächst auf Nebenstraßen Richtung Norwich. Bei einem großem *round-about*, wo auch ein Polizeiwagen stand, erweiterte sich die Spur auf zwei auch in Gegenrichtung. Na, das kann ja heiter werden, dachte ich. Da aber die Polizei mich nicht gebremst hatte, mir schon nach einem Kilometer auf der Gegenseite ein Pferdegespann entgegen kam und nach 10 Minuten Fahrt von der Gegenrichtung zwei große dampfgetriebene Fünftonnen-Lastkraftwagen mit ihren Dampfpfeifen mich begrüßt hatten, war ich dann auch beruhigt, obwohl ich mir auf der vierspurigen Umgehungsstraße der großen Stadt Norwich doch mit meinem Traktor sehr unglücklich vorkam. Endlich der Abzweiger. Ich atmete auf und kam schließlich in Spooner Row an. An der Ecke des kleinen Ortes ein Pub, vor dem viele Autos standen und der gut besucht zu sein schien.

Ein alter gammeliger Land Rover hielt an und aus dem zahnlosen Mund des Fahrers kam die Frage, ob ich zur Rose Farm wolle. Richtig. Er sei der Eigner der Farm und wolle mir den Weg zeigen. Als ich durch das verrottete Tor fuhr, sah ich ein zusammenfallendes Gemäuer, das Scheunentor hing fast daneben, einige rostige Landmaschinen auf dem Hof wie auf einem Schrottplatz. Die Wirtin öffnete die Tür und begrüßte mich freundlich. Ihr Redeschwall wollte nicht enden. Beim Eintritt ins Haus roch es überall irgendwo nach Gülle. Sie zeigte mir mein Zimmer. Das hatte etwa die Größe einer größeren Speisekammer. Ein wackeliger Stuhl, ein alter, kleiner wackeliger Schrank. Die Bettwäsche grau in grau. Es war nicht zu erkennen, ob und wann diese das letzte Mal gewaschen worden war. „Falls es Ihnen kalt wird, unter dem Betttuch ist eine elektrische Wärmematte", meinte die schnatternde Wirtin. Ich erschauerte, denn den defekten elektrischen Anschluss hatte ich schon entdeckt. Gegenüber das Badezimmer. Die Kakerlaken konnte ich bei dem schnellen Blick in dieses Loch nicht so schnell erkennen. Ich schwieg, legte mein Gepäck nur ab, ohne es zu öffnen und auszupacken, und erklärte, ich führe noch einmal zum Dorf.

Zum Glück hatte ich den freundlichen Pub bei meinem Kommen gleich gesehen. Dort ging ich rein und fragte, ob es in der Nähe noch irgendwo eine Übernachtungsmöglichkeit gäbe. Nicht nur der Wirt, auch die Gäste waren sofort behilflich. Nach 15 Minuten Fahrt mit meinem Traktor hatte ich eine sehr saubere, freundliche Bed-and-Breakfast- Pension gefunden, wo ich gern für zwei Tage übernachten wollte. Nachdem ich meine Sachen von der Rose Farm, die alles andere als rosig war, abgeholt hatte, richtete ich es mir in meinem gemütlichen Zimmer ein. Ich duschte, wechselte die Kleidung und fuhr zurück zum Pub an der Ecke des Dorfes, wo man mir so bereitwillig geholfen hatte. Als ich den vorderen Raum betrat, wo man das Bier zu trinken pflegt, begrüßten mich der Wirt und die Anwesenden freundlich. Ich bestellte mir erst einmal *a beer, Adman please, a large*. Inzwischen hatte ich gelernt und auch irgendwo bei meinen Reisevorbereitungen gelesen, man solle stets das gezapfte Bier in England bestellen und möglichst nicht irgendeine, sondern eine lokale Marke. Damit sei man immer gut bedient. Ich war es wirklich. Adman braute dort seit mehreren hundert Jahren ein besonders gutes dunkles Bier. Doch ob besonders gut oder nicht, ich schwappte mindestens das erste, wieder bis zum Rand gefüllte Bier erst einmal über. Man kam im Stehen schnell ins Gespräch. Jeder unterhielt sich mit jedem. Es war wie in einer großen Familie. Dort kannte auch jeder jeden und jeder hatte irgendetwas mit der Landwirtschaft zu tun. Aber jeder schien auch mich zu kennen. „Wir haben sie in den Siebenuhr - Nachrichten gesehen", sagte schließlich einer von ihnen. Da kam es also heraus. Das Interview, vor ein paar Stunden aufgenommen, war schon zur besten Fernsehzeit gesendet worden. Von dem Zeitpunkt an war ich in ganz Ostengland mit meinem blauen Fordson Traktor genauso bekannt wie ein Einmann – Atlantiksegler, der in einen norddeutschen Hafen einläuft und bestaunt wird. „Ich gebe einen aus", sagte mein Gesprächsnachbar, ein Bauer aus der Umgebung, und drückte mir ein großes Glas *ale* in die Hand. Aufpassen, aufpassen, sonst versackst Du hier. Für das Essen, das ich mir inzwischen bestellt hatte, bat mich die Wirtin in den gemütlichen Nachbarraum auf der anderen Seite der Theke. Entspannt aß ich Lasagne mit Spinat und einen kleinen frisch angerichteten Salat.

Ich hatte Muße, den gemütlichen Raum zu betrachten. Wunderschönes altes Holzgestühl, die kleinen Tische zum Einnehmen einer Mahlzeit waren nicht durch irgendwelche Tischdecken verunziert. Nur ein hübscher Messingkerzenleuchter. Über der Theke und neben dem großen Kamin, der mit vielen alten Gerätschaften dekoriert waren, große schwarze Tafeln, auf denen mit Kreide sämtliche angebotenen Mahlzeiten und Preise annonciert waren. An den sauber renovierten Toiletten mit Lavendelbeutelchen vorbei kam man in einen Restaurantteil mit anschließendem Garten, wo Familien ihre Mahlzeiten einnahmen. Klassischer hätte diese Dreieraufteilung dieses Pubs nicht sein können. Gestärkt und zufrieden ging ich zurück in den Vorraum des Pubs. Einige Gesichter hatten schon gewechselt. Ich wurde dem Bürgermeister vorgestellt. Der wollte mir unbedingt einen ausgeben. Eigentlich hätte es ja schon gereicht. Doch unhöflich wollte ich nicht sein. Er bestellte mir einen Whiskey, *very old,* wie er betonte. Beim Trinken musste ich tief Luft holen, so ging dieser durch Mark und Bein. Und klein war die Portion auch nicht. Ob der Wirt da noch großzügig aufgestockt hatte? Noch ein Bier und es wurde höchste Zeit, sich hier auf eleganter Art zu verabschieden. Doch als ich meine Lasagne und mein Bier bezahlen wollte, antwortete der Wirt lachend: „*No Sir, it is a great honour for us, that you have been here in our pub. We don't accept money from you*". Was sollte ich da noch machen? Der halbe Pub kam mit heraus, um mich mit lautem *hello* zu meinem Traktor zu begleiten. Ich muuhte noch einmal kräftig mit meiner Hupe und donnerte in die tiefe Nacht zu meiner Pension. *What a day*, dachte ich und schlief selig in meinem Laura-Ashley-Blümchen- Bett ein.

The sixth day

Ich hatte mir den Wecker gestellt. Meine wiederum sehr freundliche, diesmal jüngere Wirtin hatte mir gesagt, sie würde auch um 6 Uhr morgens das Frühstück zubereiten. Nun, so früh musste es auch nicht sein. Aber um 8.30 Uhr saß ich auf meinem Trecker. Noch schnell im Nachbarort getankt und auf ging es in Richtung Schnellstraße Richtung Norwich. Was für ein Verkehr! Trotz der frühen Stunde am Wochenende ein Auto hinter dem anderen. Ich drückte mich ganz links an den Rand. Alle überholten mich brav und keiner hupte. Doch dann kam das Unvermeintliche, die Polizei. Freundlich sprachen sie mich an. Wo ich denn hin wolle? Ob ich in England lebte? Und ,und, und. Ob ich es denn nicht für sehr gefährlich hielte, auf einer Schnell-straße zu fahren? Hielt ich. Ob ich denn in Deutschland auf einer Autobahn fahren dürfte? Darf ich nicht. Jetzt war ich mit dem Fragen dran. Ob dies denn eine Autobahn sei? Nein. Ob man denn auf einer sogenannten A-Straße mit dem Traktor fahren dürfe? Im Prinzip ja, aber nur mit sicht-barer Warnlampe. Warum mich denn gestern die Polizei nicht herausgewunken hätte? Wüssten sie nicht. Was ich denn jetzt machen solle? Statt mir jede Weiterfahrt zu un-tersagen oder auf die nächste Abfahrt hinzuweisen, ant-worteten sie äußerst freundlich und hilfreich, ich solle noch weiterfahren bis ich in die Stadt käme, ab dort könne man auch Nebenstraßen fahren, die sehr viel schöner und auch ungefährlicher seien, und zeigten mir den Weg. *That's England. Very, very friendly and polite,* dachte ich. In Strumpshaw angekommen wurde ich mit großem *hello* be-grüßt. Der ganze Park hatte sich gefüllt. Vorne am Eingang links gleich die alten Autos, viele Austin und ein herrlicher Renault aus den Zwanzigern. Vor dem Hauptgebäude des Gutes eine Art Parcours. Jede Menge Buden und Zelte mit allerlei Zubehör, wie das so auf einer Messe üblich ist. Rechts zwei große Zelte für den lukullischen Genuss. Da-vor begann man gerade damit, ein Ferkel zu grillen. Der

Duft der glühenden Holzkohle und des Fettes mischte sich mit dem Geruch der Steinkohle aus den rund fünfzig Schornsteinen der Lokomobile, Dampfroller und Schausteller-Dampfmobile , die angereist waren und sich dahinter rechts gruppiert hatten. Ich solle nach hinten links fahren. Auf einer großen Rasenfläche standen in Reih und Glied über einhundert alte Traktoren. Alles, was in England je gebaut oder verkauft worden war, war dort vertreten. Der älteste war ein Ruston Proctor Huller aus dem Jahre 1909. Ich reihte meinen Fordson ein. Zum Glück hatte ich ihn gerade neu restauriert, denn sonst hätte er bei der Konkurrenz kaum eine Chance gehabt, auch nur beachtet zu werden. Doch kaum hatte ich mich meiner Jacke entledigt, kam auch schon ein Zeitungsmann, um mich zu interviewen und ein paar Fotos für eine Motorzeitung zu machen. Ich trank nach englischer Art erst eine Tasse Tee und schaut mir in Ruhe nun die vielen Standmotoren, die Karussells und die vielen Kirmesorgeln an, die an jeder Ecke fröhlich und schwungvoll aufspielten, dass man so richtig in Stimmung kam. Zwei ältere Engländer gaben mir meine Teilnahmenummer 111 und erklärten mir, sie seien zu meinen persönlichen Betreuern ernannt worden. Das nennt man Service, Hut ab. Wieder waren es die kleinen Miniaturen der Mobile, die kreuz und quer durch den Park fuhren. Ich sah mir alles an, klönte hier, wurde da angesprochen, kaufte mir ein Video der Lokomobile. Ja, sogar eine Bauanleitung dieser dampfgetriebenen Ungetüme wurde mir angeboten. Diese sind alle für den Straßenverkehr zugelassen. Ich hätte es nicht geglaubt, wenn mir nicht am Vortage an einer belebten Kreuzung so ein Riesenross fauchend, dampfend und pfeifend entgegen gekommen wäre.

Einige dieser Lokomobile waren so über die Landstraßen oft mehr als einhundert Kilometer zu dieser Show angereist, kaum zu fassen. Da sind meine Reisen mit meinem Oldie nichts dagegen. Ich gebe zu, wenn ich in England lebte und einen ebenfalls begeisterten Freund hätte, ich hätte mir so ein Riesenspielzeug angeschafft. Sie strahlen eine derartige Faszination aus, dass man sich ihr nicht entziehen kann. Die ersten wurden schon 1769 gebaut und ihre Blüte war im neunzehnten Jahrhundert und Anfang des zwanzigsten Jahrhunderts. Was kaum jemand weiß, selbst in Deutschland wurden sie gebaut, zuletzt noch in den fünfziger Jahren und auch nach England exportiert. Doch statt die Tradition der Dampfmaschinen fortzusetzen, konzentrierte sich die Firma Krupp lieber auf die Herstellung von Kanonen. Schade. Die Firma Henschel sollte noch kurz nach dem Weltkrieg den Bau von Dampfwagen fortsetzen. Nachdem auf dem großen Rasen vor dem Gutshaus die kleinen dampfgetriebenen Miniaturen vorgestellt waren, kamen wir Traktorenfahrer an die Reihe.

Stolz ließen genau einhundertundzwölf Fahrer, es war noch einer nach mir gemeldet worden, donnernd ihre Traktoren an, nicht ohne es mit dem Gasgeben ein wenig zu übertreiben, damit man dem Publikum noch mehr imponieren konnte, und fuhren hintereinander zum Parcours. Ich bekam die Ehre, als der Traktorfahrer mit der weitesten Entfernung, den gesamten Traktorenkonvoi anzuführen. Jeder wurde dort persönlich begrüßt, über eine Lautsprecheranlage sein Traktor beschrieben und jeder erhielt eine Plakette freundlichst überreicht. Man kam sich vor wie auf einem Springturnier für Pferde bei der Siegerehrung, nur dass es keine Unterscheidung zwischen Gold, Silber und Bronze gab. Eine höfliche Verneigung beim Entgegennehmen der Teilnahmeplakette und eine Ehrenrunde unter dem tosenden Applaus des Publikums. Ich war stolz wie Oskar. Das war doch noch was. Darauf schmeckte bei strahlender Sonne das Bier - *a large please* - doppelt so gut. Fish and Chips waren schon ausverkauft. Aber das gegrillte Ferkel zwischen zwei Toastscheiben. Nein, ich wolle kein Ketchup, schmecke auch ohne ausgezeichnet. Ein paar Klönschnack noch mit den Lokomobilführern, mit denen ich mich inzwischen angefreundet hatte, ein wenig Fachsimpelei und Vergleiche mit den Traktorfahrern. Dabei fallen einem dann so Dinge auf, die man sonst für selbstverständlich hält. Zum Beispiel die Anhängekupplung. In England ist sie völlig anders als bei uns in Deutschland, nie gedacht. Einen Hänger hätte ich so dort nie ankuppeln können. *Good bye, see you next year again.* Der Tag war in Windeseile vorübergegangen. In der untergehenden Abendsonne fuhr ich diesmal durch die Stadt Norwich und auf Nebenstraßen, die mir die freundlichen Polizisten am Morgen gezeigt hatten, fröhlich vor mich hinsingend zurück nach Spooner Row.

Der Pub war wieder gerammelt voll. Freudig begrüßten mich einige Kumpane von gestern. Ob ich den oder diesen schon kenne? Wer auch immer hereinkam, jedem wurde ich vorgestellt. Für Menschen, die in der Landwirtschaft arbeiteten, waren sie alle locker und gepflegt gekleidet. Auch ihre Frauen machten nicht den Eindruck, dass sie zuhause nur in Gummistiefeln herumliefen und sich schweißtriefend die Stirn mit dem Handrücken abwischten. Ihr Geographiewissen brauchten sie nicht zu verstecken. Sie hatten genaue Vorstellungen davon, wo in Deutschland die einzelnen Städte oder Flüsse lagen. Viele waren wohl auch als Soldaten im Nachkriegsdeutschland gewesen. Umgekehrt hätte in Deutschland wohl kaum jemand so gute detaillierte Kenntnisse über die Geographie Englands, welche Flüsse auf der Insel wo langlaufen. Als ich den Bürgermeister von gestern freundlich begrüßte, lachten alle. Er aber fühlte sich sichtlich geehrt, als ich ihn so anredete. Er sei gar kein Bürgermeister, sie nannten ihn nur so, flüsterte man mir zu. *That's british humor.* Diesmal war ich es, der dem vermeintlichen Bürgermeister einen Drink ausgab. Als man mir aber einen Weinbauer vorstellte, wurde ich skeptisch. Nicht noch einmal hereinfallen. Gut einhundert Kilometer nördlich von London, das konnte nicht stimmen. Wir unterhielten uns nett. Es stimmte tatsächlich. Eigentlich sei er Graphiker und Designer, erzählte er mir. Das sei ihm aber nicht immer abwechslungsreich genug. Er sei auch gern draußen in der Natur. Also habe er sich zu seinem Land, was er geerbt hätte, noch ein paar *Acer,* wie viel das auch immer sein mag, dazu gekauft und hätte vor Jahren mit dem Anbau und der Aufzucht von Weinreben begonnen. Er nannte mir sogar die Rebsorte, die ich aber vergessen habe. Schließlich hätte er, nachdem das geglückt sei, mit einer geringen Menge angefangen, Wein zu keltern. Als ich nur staunte, ging er wie zum Beweis heraus zu seinem Auto und überreichte mir voller Stolz eine Flasche seines Produktes. Noch habe ich die Flasche nicht geöffnet. Ich denke aber, nur wenige Deutsche können einen original englischen Wein in ihren Kellern ihr eigen nennen.

Das war wirklich ein Abend, wie Touristen ihn nicht erleben.

The seventh day

Zurück ging es wieder zu Ann und Bob, bei denen ich schon bei meiner Hinfahrt übernachtet hatte. Morgens hatte ich meine Sachen schon gepackt, als ich die Treppe herunter zur Frühstücksveranda ging. *Breakfast as usual.* Meine Wirtin hatte alles schon liebevoll vorbereitet. Dann setzte sie sich zu mir und bat mich, noch einmal Einzelheiten von meinem Pech in der Rose Farm zu berichten. Solche Anbieter würden den guten Ruf des englischen Bed-and- Breakfast-Systems ruinieren. Sie würde sich bei der Organisation auch in ihrem eigenen Interesse beschweren und dafür sorgen, dass ich meine zusätzlichen Unkosten erstattet bekäme. Die sonst so ausgeglichene Frau war richtig wütend über so viel Unverschämtheit, so dass ich sie beruhigte und sagte, so etwas könne überall und in jedem Lande passieren. Außerdem hätte ich auch dann woanders wunderbar übernachtet. Ich kann hier erwähnen, dass später in Deutschland nach einem einfachen Telefonanruf bei der Fährgesellschaft die Angelegenheit sofort begradigt und mir der im Voraus bezahlte Betrag auf mein Konto prompt überwiesen wurde. Während ich frühstückte hatte Bob, mein Wirt schon alles wieder bei meinem Traktor kontrolliert. Nun half er mir noch beim Festzurren meiner Sachen. Diesmal fuhr ich winkend nach links aus dem Tor Richtung Süden. In den Tagen hatte ich es gelernt, die Beschilderung der Straßen und Wege besser zu interpretieren, und auch kapiert, dass bei der Wegstreckenangabe ich das

Ganze mit Einskommasechs multiplizieren musste. Ich war schon früh abgefahren, denn bis 3 Uhr p.m. musste ich im Hafen in Harwich angekommen sein. Da ich zum Teil den Weg und die Orte schon kannte, ging es diesmal auch schneller. Auch war an dem Tag in England Bank Holiday, ein Feiertag, und somit auf den Straßen kein Berufsverkehr. Ich konnte es also ruhig angehen lassen. Irgendwo musste ich dann jetzt schon weiter südlicher tanken. Als ich bei der Tankstelle von der Kasse zurück zu meinem Traktor kam, stand direkt daneben ein sehr schön restaurierter, alter Austin Zweisitzer Sportwagen. Ich zückte meine Kamera und fragte den Besitzer, der gerade den Füllstutzen seines Prachtexemplars schloss, ob ich unsere beiden Vehikel so schön nebeneinander fotografieren dürfe. „Nur los", meinte er, „ich kenne sie schon". Erstaunt fragte ich, „woher denn und wieso". „In unserer Zeitung war ein Bericht über sie". Überrascht ging ich zurück zur Tankstelle. Aber leider war die Zeitung schon ausverkauft. Weiter südlicher war ich durch den Ort Woodbridge gekommen, als ich am Ortsausgang ein großes Schild „*Antique fair*" las. Ich trat auf die Bremse und fuhr auf das Hafengelände mit einer großen Halle. Erst als ich anhielt merkte ich, wie warm es in der Zwischenzeit geworden war. Über mehrere Stunden auf einem Freiluftsitz eines Traktors ist es nämlich auch bei 20 Grad nicht so warm, wie man es annimmt. So musste ich mich zunächst meiner dicken gepolsterten Jacken mühselig entledigen, bevor ich nach Bezahlung von fünfzig Cent in die große Halle eintrat. Eine einmalige, gut übersichtliche Antiquitätenmesse vom Feinsten. Nirgendwo Krimskrams, alles gediegen. Zu zivilen Preisen versuchten in der Regel Privatleute, einen

Teil ihres alten Besitzes zu verkaufen. Ausländische Touristen oder professionelle Aufkäufer konnte ich nicht erkennen. Die geforderten Preise waren akzeptabel und nicht überzogen. Am meisten aber war ich von dem Sortiment beeindruckt, Sachen, die ich in Deutschland schon seit fünfzig Jahren nicht mehr gesehen hatte. Ich erstand ein paar schöne handgewirkte Tischdecken und, worauf ich besonders stolz bin, einen kleinen, hübschen echten Keramik-Pisspott mit Dekor. Dann trank ich noch eine Tasse Tee und ging zu meinem Traktor. Hier musste ich die ganze Bagage einmal ummodeln, schließlich sollte der Pinkelpott auch heil zuhause ankommen.

Nachdem ich Ipswich durchfahren hatte, hielt ich mich sofort wieder Richtung Osten und fuhr bei strahlendem Sonnenschein die Strandstraße entlang der Förde, die sich über 20 Kilometer bis zum Hafen zog. Die vielen Segelboote, die noch bei der Hinfahrt wegen der Tide schlapp, tief eingesackt und schräg im Watt gelegen hatten, wippten jetzt bei Flut stolz im Wasser ungeduldig hin und her, als warteten sie nur darauf, von ihren Skippern aus der Verankerung gelöst zu werden, um ihre weißen Segel gegen den Wind zu stemmen. Ein Schwarm von mindestens zwanzig Schwänen sah nur neugierig zu mir auf, als ich sie fotografierte. Zum Glück hatte ich dann auch nicht mehr getrödelt, denn es vergingen keine fünf Minuten und ich wurde mit meinem Traktor auf das Schiff gewunken. Am Abend ging ich wieder in meine gemütliche Sitzecke mit dem schönen Meeresblick und vertiefte mich bei einem Glas Bier in das Buch über Dampfmaschinen, das ich mir in Strumpshaw gekauft hatte.

The eighth day

Diesmal hatte ich die Mitbewohner meiner Kabine erst überhaupt nicht kennengelernt. Irgendwie war jeder von ihnen im Laufe des Abends kaum grüßend hereingekommen und hatte sich in seine Koje verzogen. Nun, ich hatte auch kein größeres Interesse gezeigt, stand schon um sieben Uhr auf, duschte in dem noch unbenutzten und sauberen Bad, zog mich an und ging an Deck. Man konnte schon die Küste bzw. die Inseln erkennen. Die Sonne schien mit voller Kraft. Da ich meine Sachen schon rechtzeitig in meine Traktorkiste verstaut hatte, konnte ich es mir leisten, bei der Einfahrt in Cuxhaven an Deck hoch an Bord zu bleiben.

Von hier oben hatte man einen herrlichen Blick auf Cuxhaven und die Hafeneinfahrt. Leider hatte ich meine Kamera schon verstaut. Als ich dann vom Hafen aus meine Frau anrief, ich sei wieder auf deutschem Boden, atmete sie wohl sichtlich auf, wie ich es am Telefon merken konnte.

Noch einmal tanken und ab ging die Fahrt auf wenig befahrenen Nebenstraßen mit nur zwei kleinen Pausen nach Zeven. Wenn ich hier jemandem auf der Rückfahrt erzählt hätte, ich sei gestern noch hundert Kilometer nördlicher von London in England mit meinem Traktor herumgekurvt, hätte er es für schlechtes Seemannsgarn oder mich für einen Spinner gehalten. Aber man muss schon ein wenig spinnerig sein, um wirklich auch Ungewöhnliches zu erleben. Man muss schon eine gewisse Sensibilität haben,

um die vielfältigen Eindrücke unseres Lebens auch zu merken und zu verarbeiten. Ich aber wollte mir meine Ver-
rücktheit bewahren.

Täglich quer über die Autobahn – mit dem Traktor

Wie versprochen fuhr ich im Folgejahr wieder nach Ost-England und diesmal direkt nach Strumpshaw zur mehrtägigen Oldtimermesse. Nur hatte ich mich diesmal in unmittelbarer Nähe auf dem achthundert Jahre alten Gutshof Witton Hall eingemietet. So suchte ich das östlich von Norwich gelegene alte Herrenhaus auf. Von Norwich war in den letzten Jahrzehnten eine Autobahn Richtung Osten an Strumpshaw vorbeiziehend zum Atlantik gebaut worden. Das Gelände der Strumpshaw-Show lag südlich dieser Verbindung und ich wohnte diesmal nördlich der Autobahn in nicht einmal zwei Kilometer Entfernung in einem uralten, herrschaftlichen Gutshof mit sogar eigener kleiner Kirche. Um aber zur Ausstellung zu kommen, musste ich jeweils zehn Kilometer in eine Richtung fahren, um zur offiziellen Brückenüberquerung zu gelangen, und dann wieder zurück zehn auf der Gegenseite. Doch das sah der noch rüstige Gutsbesitzer anders. Ihm gehöre hier das ganze Land, soweit man blicken könne, erklärte er mir stolz beim gemeinsamen Frühstück in der großen Gutsküche, auch auf der anderen Seite der Autobahn, die man gegen seinen Willen gebaut hätte, bis an die Grenze von Strumpshaw heran gehöre das Land seit vielen Jahrhunderten seiner Familie. Das glaubte ich ihm gern, nachdem ich das Gut mit vielen Nebengebäuden und die eigene Kirche ein wenig erkundet hatte. Nach langem Kampf mit den Behörden hätte er schließlich die Erlaubnis erhalten, mit landwirtschaftlichen Fahrzeugen die Autobahn zu überqueren. Mein Traktor sei ja schließlich auch zu dieser Gattung zu rechnen, zumal er noch in England gebaut worden sei. Dann gab er mir genaue Anweisungen: *You are driving on the country road until you reach the gate next to the motorway, you open the gate yourself, drive through it and don`t forget it to close again. Then you wait right next to the motorway, look around if the coast is clear and then quickly cross over towards the median, which is quite spacious for all agricultural machinery or for tractors with trailers. If you don't see coming from the left side (remember, you are in England), hit the gas pedal and cross over again towards the gate on the other side of the motorway, which you open and close as before.* Zu Deutsch: Du fährst den Feldweg bis zum Gatter der Autobahn, öffnest es, fährst selbst durch und vergisst nicht, es wieder zu schließen. Dann platzierst du dich an den Rand der Autobahn, schaust, ob alles frei ist und fährst schnell bis zum Mittelstreifen, der dort ausreichend breit auch noch für landwirtschaftliches Gerät oder großem Anhänger ist. Wenn dann nichts von links kommt (denk daran, du bist in England), Gas geben und rüber bis zum Gatter auf der anderen Seite, das du genauso erst öffnen und dann schließen musst.

Zuerst wollte ich die Geschichte nicht glauben. Aber in meiner Neugier fuhr ich doch bis zum Gatter und sah, dass alles so wie beschrieben war. Dann gab ich mir innerlich einen Ruck und folgte genau seinen Anweisungen. Doch mein Puls war bestimmt 120 pro Minute, denn es war an dem Wochenende auf der Strecke Richtung Nordsee alles andere als ruhig. Die Verbindung ließe sich leicht mit der von Hamburg nach Travemünde vergleichen, vielleicht mit etwas weniger Verkehr, aber immerhin doch gut befahren. Selbst die englischen Traktor-Kollegen staunten mächtig, als ich ihnen erzählte, wie ich jeden Morgen zu der Show und am Abend dann wieder von ihrer Show mit meinem Traktor zu meinem Nachtquartier fuhr.

An diese Geschichte dachte später in Deutschland ich immer wieder, als bei uns die Landwirte klagten, sie kämen bei den Arbeiten zur Verbreiterung der Hamburg-Bremen-Autobahn auf sechs Spuren nicht mehr auf dem kürzesten Weg zu ihren Feldern, da auch die nächsten Brücken für einen längeren Zeitraum gesperrt waren.

Zum Pub mit Lokomobilen und Traktoren

Bei dieser zweiten Strumpshaw-Tour erlebte ich einen Kneipenbesuch, der in dieser Form in Deutschland, vielleicht auch in ganz Europa, nicht möglich gewesen wäre. Die Engländer sind eben Insulaner und haben ihre eigenen Spielregeln, manchmal auch exotisch anmutend.

Diesmal hatte ich ja für die Strumpshaw Show zwei volle Tage eingeplant. Auch kannte man sich schon. So wurde ich an einem Tage gefragt, was ich denn abends vorhätte, ob ich nicht Lust hätte, mit ihnen in den nächstgelegenen Pub zu fahren. Gern willigte ich ein. Ich solle mich dann so gegen 5 p.m am Treffpunkt einfinden. Wir würden alle gemeinsam dorthin fahren. Bei diesem Gespräch wunderte ich mich schon, denn es hatten mich ein paar Fahrer dieser riesigen Lokomobile gefragt. Als ich dann in den frühen Abendstunden zum Sammelplatz fuhr, traute ich meinen Augen nicht. Neben zwei oder drei dampfgetriebenen Lkws, auf deren Ladeflächen schon Menschen saßen, hatte man hinter einem dieser zwei oder drei weiteren Lokomobile einen riesigen Hänger gespannt, der eigentlich nur aus einer einzigen Fläche bestand ohne jegliche Seitenwände. Dennoch war diese Ladefläche proppenvoll mit fröhlichen Menschen aller Couleur ohne jegliche Absicherung. Außerdem gesellten sich außer einigen voll bepackten Traktoren noch mehrere dieser Miniaturausgaben der Lokomobile dazu. Nun gut, könnte man denken, die fahren ja alle im Schritttempo, doch weit gefehlt. „Und ab ging die Post"! Anfangs wollte ich es nicht wahrhaben. Immerhin konnte ich mit meinem Fordson 27 km/h fahren. Doch zu meiner Überraschung fuhren diese Lokomobile gut und gern etwa 20 km/h. Nicht schlecht für so ein großes Gefährt. Man muss sich das etwa so vorstellen, als wenn einem auf der Landstraße eine richtige kleine Dampflokomotive auf Straßenrädern pustend und pfeifend mit größerer Geschwindigkeit entgegenkommt. In Deutschland käme man aus dem Staunen nicht heraus. Und das nicht nur auf ebener Straße, sondern es ging fast querfeldein über uralte, unebene Wald-und Feldwege zu einem etwa zehn bis zwölf Meilen entfernten Pub irgendwo auf dem Lande. Dessen Parkplätze, soweit man davon sprechen konnte, waren restlos überfüllt ebenso wie die Straße direkt vor dem Pub. Jeder suchte sich irgendwo einen Platz und holte sich anschließend sein Bier an der Theke des mindestens zwei-bis dreihundert Jahre alten Pubs. Die Stimmung war bestens. Dieser kleine abendliche Ausflug war für die Engländer wohl völlig normal. Für mich aber war er ein derartig besonderes Erlebnis, dass ich mich auch noch nach Jahrzehnten sehr bildhaft daran erinnere. Da das Wetter bestens war, tranken die meisten Engländer ihr Bier draußen auf dem überfüllten Vorplatz und wieder unterhielt sich jeder mit jedem. Besser hätte die Atmosphäre nicht sein können. Bei der Fahrerei hätten wohl jedem deutschen Polizisten die Haare zu Berge gestanden. Vielleicht war dort sogar auch ein englischer Polizist dabei, aber dann in seiner Freizeit und in Zivil. Großzügig und keineswegs pedantisch aber habe ich bei all meinen Englandaufenthalten die englische Polizei erlebt. Die *Dorset fair* ist nach meinen Information um ein Vielfaches größer, aber deshalb auch nicht so familiär. Auch macht es einen Unterschied, wie auf all solchen Veranstaltungen, ob man als Besucher kommt oder aktiv dabei ist, was bei mir bei meinem ersten Besuch reiner Zufall war. Beide Englandreisen nach Strumpshaw waren für mich ein unvergessenes Erlebnis, eben weil ich Teil dieser Show war, herzlichen Umgang mit den Teilnehmern und so herzliche Wirtsleute hatte.

Wie schnell fährt ein Fordson Dexta?

Über dreitausend Kilometer quer durch Deutschland und Ost-England war ich nun durch die Lande mit meinem Fordson getuckert, ohne dass er mich irgendwie im Stich gelassen hätte. Mein Bandscheibenschaden hatte ihm eine fast zweimonatige Zwangspause gegönnt. Doch kaum davon genesen, konnte ich es doch nicht lassen, ihn beim strahlenden Sonnenschein aus dem Stall zu holen, um im nächsten Dorf beim Hausschlachter einzukaufen. Fröhlich vor mich hin singend hatte ich gerade die kleine Steigung vor der Jugendherberge erklommen, als ich bei meinem Schnaufi einen regelmäßiges, fast rhythmisches klack-klack beim Fahren bemerkte, obwohl der Motor regelmäßig im Takt seiner drei Zylinder plapp-plapp-plapp tönte. An Kraft aber hatte er nicht nachgelassen. Vorher muss ich es wohl überhört haben. Das klang nicht gut. Ich hielt an, versuchte irgendetwas zu erkennen, doch ohne Erfolg. Nochmals gestartet und kurz gefahren, wieder das gleiche eigenartige, leisere Nebengeräusch. Also abgestiegen und alles nochmals kontrolliert. Temperatur, Öldruck, Ölstand, alles stimmte. Lichtmaschine und Ventilator drehten sich einwandfrei. So konnte ich die Fahrt nicht fortsetzen. Kehrtwendung und im Schritttempo zurück. Bloß kein Gas geben. Es ging bergab. Um den Motor nicht noch mehr zu belasten, kuppelte ich aus und wollte den Traktor rollen lassen. Doch beim Fahren wieder dieses Nebengeräusch. Aber trotz seiner gut eineinhalb Tonnen, so richtig Schwung bekam er nicht. Ich schaltete die Warnblinkanlage an. So erkannten die anderen Fahrzeuge hinter mir wenigstens, warum die Schlange immer länger und länger wurde. Früher fluchte ich auch immer auf diese sehr langsam fahrenden Traktorfahrer. Heute sehe ich das ein wenig anders. Als sich bei Bosch vorbeikam, meinte man, das sei nichts für sie, das sei etwas Mechanisches. Soweit hatte ich auch schon gedacht. Ich fuhr weiter auf Nebenstraßen zu meinem Traktorenunterstand. Bei so einer Schrittgeschwindigkeit kamen einem die drei Kilometer wie dreißig vor.

Dann fuhr ich, aber jetzt mit meinem Pkw, zum Traktorendoktor. Ja, so etwas gibt's hier auf dem Lande immer noch. Während die richtigen alten Hausärzte, die nur mit dem Stethoskop und dem Blutdruckgerät ausgerüstet, die fühlende Hand am Puls des Erkrankten, mit wenigen Hilfsmitteln die richtige Diagnose stellen können, langsam aussterben, findet man immer noch so alte Mechaniker, die sich selbst schlicht Landschmied nennen, die ebenso mit wenigen Hilfsmitteln den Fehler am Traktor erkennen. Leider stirbt diese Gattung aber auch aus, denn die modernen Traktoren haben genauso viel Elektronik eingebaut wie die heutigen Personenkraftwagen. „Ich komme mal vorbei und fahre mal ´ne Runde", meinte mein alter Freund. Meinen Traktor kannte er schon gut, denn er hatte ihn schon zwei Mal auseinandergenommen und wieder zusammengebaut. „Wie viele Kilometer bist Du denn schon mit Deiner alten Bereifung gefahren", wollte er wissen. Da mein Tachometer keine Kilometerangabe hatte, konnte ich nur anhand der gefahrenen Betriebsstunden ungefähr die Frage beantworten. Kurz gesagt, die Reifen waren hin. Die Stollen waren unregelmäßig abgefahren, teils schon blank. Kein Wunder, dass sich da das Fahrgeräusch ändert. Zum Glück war es nicht der Motor oder das Getriebe, worauf ich noch zu sprechen komme. Also eine neue Bereifung aufziehen. Bei der Kontrolle der Zulassungspapiere, welche Reifengrößen denn zugelassen seien, stellten wir fest, dass noch Luft nach oben war. Also bestellten wir die größeren Reifen. Ich freute mich, denn nun war ich schneller, statt 27 km/h konnte ich nun in der Spitze auch 29 km/h fahren. Doch das war eher psychologisch, denn so einen alten Traktor soll man nicht ausreizen. Außerdem ist es umso kälter, je schneller man fährt.

Im Nachbarort hatte ein Traktorist ebenfalls einen Fordson Dexta. Als wir uns einmal beide auf einer Ausstellung trafen, behauptete er mir gegenüber, sein Fordson führe gut und gern 35 km/h. Ich wollte es nicht glauben. Wir können ja mal unsere Traktoren tauschen, meinte er. Gesagt, getan. Sein Traktor war wirklich unglaublich viel schneller als meiner. Doch dann lüftete er das Geheimnis. Die originale englische Ausgabe dieser Traktoren hatte anfangs auch einen weiteren Schnellgang. Damit konnte man auch so lange in Deutschland fahren, bis der TÜV es merkte, dass diese Typen von Traktoren sehr viel schneller sind, als es in Deutschland für die Zulassung erlaubt ist. Also wurde daraufhin bei der Herstellerfirma oder woanders für den Import nach Deutschland dieser Schnellgang blockiert, das Getriebe aber nicht verändert, zumindest anfangs nicht für eine bestimmte Zeit. Nun, mein lieber Fordson-Kollege hatte sich das zunutze gemacht und nicht mehr getan, als diesen in seinem Traktor noch vorhandenen Schnellgang klammheimlich reaktiviert. Und niemand, auch der TÜV nicht, hatte es bemerkt. Jedoch muss ich sagen, dass meine maximalen 29 km/h für längere Strecken, auf denen man sowieso nur 25 km/h im Durchschnitt fährt, wegen der fehlenden Kabine absolut ausreichend sind. Auch sieht man bei langsameren Tempo mehr von der Landschaft, was für mich immer wichtig war und ist.

Zur Großglockner Traktoren WM 2005

Ehrlich gesagt, nur auf einer Ausstellung seinen Traktor zu präsentieren, ist manchmal etwas langweilig. Es muss einfach etwas passieren. Felder müssen gepflügt, Baumstämme gezogen werden. Man möchte auf einem Platz vorgestellt werden oder seine bzw. die Kräfte seines Traktors messen. Da kam die Einladung zur 4.internationalen Oldtimertraktoren WM auf der Hochalpenstraße des Großglockners am 2. Wochenende des Septembers genau richtig. Also machten Otto und ich aus dem Elbe-Weser-Dreieck uns auf den Weg, um per Achse durch Hamburg zum Altonaer Bahnhof zu kommen. Die Autofahrer staunten nicht schlecht, als sie unseren Traktoren auf den sechsspurigen Elbrücken, genau am Ende der Autobahn, und am Fischmarkt sahen. Fröhlich wehte unsere Niedersachsenfahne im Wind. Im Altonaer Bahnhof angekommen, wo damals noch die Autozüge abfuhren, wunderten sich sogar die Bahnbeamten, als wir durch die Bahnhofshalle donnernd, auch ein wenig mehr Gas gebend, auf die Rampe des Autoreisezuges nach Salzburg fuhren. Das hatte es bisher noch nicht gegeben. Seit ein paar Jahren nahm aber die Bahn Oldtimertraktoren zum Pkw-Preis mit, wenn das übliche Maß eines Pkws nicht überschritten wurde. Da wir noch ein paar Tage Zeit hatten, fuhren wir von Salzburg aus dorthin, wo andere im Sommer segeln und im Winter Ski fahren oder einfach Urlaub machen, zu den Salzburger Seen. Den Fuschl-, Mond-, Wolfgang- und Attersee umfahrend direkt am Wasser entlang erschloss sich uns, die wir daheim 30 km geradeaus schauen können, ein fantastisches Alpenpanorama. Übernachtet wurde in alten schönen Gasthöfen und privaten Himmelbetten. Je näher wir unserem Ziel kamen, konnten wir bei Steigungen bis zu 16 % schon einmal testen, mit welchem Gang der Traktor es gerade noch schaffte.

In Bruck, dem Ausgangsort der Hochalpenstraße, angekommen, roch es schon verdächtig nach Diesel und überall tuckerte es. Richtig eng aber wurde es am Freitag, als über 500 Traktoren und Unimog aus Österreich, Slowenien, der Schweiz, den Niederlanden, aus Großbritannien, aus Italien und aus Deutschland sich ihren Startplatz suchten. Mit rund 50 Traktoren hatte es einmal vor vier Jahren angefangen und jetzt wurde die Startnummer 519 ausgegeben. Vor Ausgabe der Startpapiere waren sämtliche Traktoren noch einmal technisch überprüft worden. Dann ging es bei strahlendem Wetter zur Ausfahrt nach Fusch. Es dauerte fast zwei Stunden, bis sämtliche Traktoren vorbei an den vielen Zuschauern in Reih und Glied den Ort verlassen hatten. Hier war auch die erste Punktwertung. Über eine Streckenlänge von 3,8 km musste eine durchschnittliche Sollgeschwindigkeit von 12,86 km/ h gefahren werden. Nicht ganz einfach ohne Tachometer. Aber wir schafften es bis auf 46,81 Sekunden Differenz heranzukommen. Auch bei Formel 1 Rennen wird in zehntel und hundertstel Sekunden gemessen. Am Vorabend dann ein geselliger Abend mit traditioneller Musik und Schuhplattlern.

Am Samstagmorgen, an dem wir von Fusch aus über 17 km auf 2428 Meter Höhe die Hochalpenstraße erklimmen sollten, goss es wie aus Eimern geschüttet. Und oben schneite es schon. Das konnte aber so richtige Traktoristen nicht abhalten. Schließlich war ja für uns auch die mautpflichtige Straße gesperrt worden. Also beschloss man, die Strecke bis Piffkar auf 1620 m Höhe zu kürzen. So donnerten in Minutenabstand insgesamt 519 Traktoren aller Art und aller Ausstattungen und aller Jahrgänge von 1934 bis 1975, vom Einzylinder bis zum Sechszylinder, mit wenig und mit viel PS, im strömenden Regen mit wolkenbehangenen Schluchten und Berghängen die Serpentinen hoch. Und während noch die Letzten sich langsamer hochmühten, kamen die anderen ihnen wieder entgegen, links und rechts eingekleidet von meterhohen Wasserfontänen der Reifen. Wieder galt es, die mittlere Durchschnittsgeschwindigkeit seiner nach Alter geordneten Traktorengruppe einzuhalten. Ansonsten wäre wohl ein Teil der Traktoren oben schon hinüber gewesen. Aber da es nun mal so richtigen Jungen Spaß macht, auch einmal in eine Pfütze hineinzutreten, dass es nur so klatscht, ließen einige die Spielregeln eben nur Regeln sein und gaben kräftig Gas und das bei Steigungen zum Teil von 18 Prozent. Einem Niederländer machte es so viel Freude, dass er gleich dreimal die Strecke abfuhr. Und trotz des Regens ließen einige Zuschauer, zum Teil waren sie über 100 km angefahren, es sich nicht nehmen, wie bei einer Tour de France bei jedem Fahrer Beifall zu klatschen. Für jeden Traktorfahrer war es wie eine Ausschüttung von Glückshormonen. Obwohl es kalt und nass war, jeder lächelte und ließ seinen Motor dröhnen. Sicher blieben wie bei jeder WM irgendwelche auf der Strecke. Die meisten aber, die heruntergeschleppt wurden, waren Ein-und Zweizylinder, bei denen bei der Abfahrt die Bremskraft des Motors nicht ausreicht. Auch bester Regenschutz konnte es nicht verhindern, unten klitschnass anzukommen. Ein Jahr zuvor soll aber, wie erzählt wurde, strahlender Sonnenschein geherrscht haben.

Abends hatte dann der Computer die Zeiten ausgewertet und bei dem großen Abschlussfest in der mit 1500 Besuchern restlos gefüllten Werkhalle der Stiegl-Brauerei konnten dann die Sieger gekürt werden. Dazu heizten die „Kapruner" mit toller Musik so richtig ein. Schließlich stand alles auf den Bänken. Oktoberfest ist nichts dagegen. Bei jeder Ehrung dröhnte der Saal von tosendem Beifall. Denn jeder von uns hielt sich für einen persönlichen Weltmeister. Hatte er doch trotz der Witterung das Unglaubliche geschafft. Den ersten Preis in der Gesamtwertung der Traktoren erhielt ein Warchalowski, Bj. 1969. Bei den Unimog erhielt ein Deutscher mit einem Unimog, Bj. 1957 den ersten Preis. Ein Allgaier, Bj. 1951 schaffte es bis auf 95 Zehntelsekunden an die geforderte Durchschnittsgeschwindigkeit am Vortag heranzukommen. Zwei Traktorenfahrer aus Sylt bekamen den Preis für die weiteste Distanz und ein Traktorist mit einem Hatz, Baujahr 1934, den Ehrenpreis für den ältesten teilnehmenden Traktor. Wir freuten uns über die Plätze im ersten Drittel. Besonders stolz aber sind wir auf die Plakette, die jetzt unseren Traktor ziert. Am Sonntagmorgen fuhren wir noch einmal im Konvoi durch die herrliche Landschaft zum gemeinsamen Frühschoppen verbunden mit Geschicklichkeitsfahren und einer Ausstellung bäuerlicher Geräte. Dabei sperrte die Polizei mal eben so nebenbei ganze Straßenzüge ab. Als wir am nächsten Tag heim Richtung Salzburg fuhren, winkten uns die Leute fröhlich zu. Wer nicht dabei war, hatte daheim und trocken alles im österreichischen Fernsehen mitverfolgen können.

Wieder zur Großglockner WM 2006

Männer brauchen manchmal in ihrem Leben einen Kick. Und weil trotz des strömenden Regens im Jahre 2005 ich noch nicht oben auf der Passhöhe des Großglockners gewesen war und ich wieder etwas erleben wollte, fuhr ich im September 2006 auch wieder Richtung Alpen, wieder mit dem Autoreisezug und meinem Fordson huckepack, aber diesmal bis München. Sehr schwierig war es dann aber für mich, aus der mir unbekannten Großstadt herauszufinden, denn sämtliche Schilder führten immer wieder in Richtung Autobahnen. Und so großzügig wie in Ost-England oder in Österreich ist die bayerische Polizei bestimmt nicht. Schließlich fand ich die Landesstraße Richtung Miesbach und atmete auf. Bekannte Namen von Skiorten wie Kitzbühel, Kufstein. St.Johann in Tirol konnte ich auf den Straßenschildern lesen oder fuhr auch teils direkt durch oder drumherum wie den Walchsee.

Als ich dann Zell am See lesen konnte, war das Ziel Bruck am Großglockner nicht mehr weit. Dort angekommen, roch es schon gewaltig nach Diesel. Der Ort hat normalerweise höchstens 1000 Einwohner plus Touristen. Rechtzeitige Zimmerreservierung ist angesagt. Vor jedem Hotel, vor jeder Pension standen die herrlichsten Traktoren. Viele waren auch noch herbstlich geschmückt und an den Tagen des Wettkampfes hatten viele die Nationalfahne an ihrem Trecker gehisst, um zu zeigen, woher sie kommen. So hatte ich wieder, wie schon in England, die deutsche Fahne mit dem Niedersachsenross. Wieder erst nach einer offiziellen technischen Prüfung eines jeden Traktors vor Ort konnte man die Anmeldepapiere abholen. Am Freitagmorgen war der Ort restlos gefüllt mit Traktoren. Die Musik spielte, man saß auf langen Bänken, Instruktionen wurden gegeben, Leberkäs und Sauerkraut gegessen und dazu ein paar Bier, denn in Bayern und Österreich ist Bier ja ein Nahrungsmittel.

Mir hatte einmal ein Polizist aus Niedersachsen berichtet, wie überrascht er gewesen sei, als er bei einem Aushilfsdienst in Bayern sah, wie seine bajuwarischen Polizistenkollegen schon bei der Frühstücks-oder Mittagspause im Dienst ihre Halben tranken. Dort ist Bier eben ein Lebens- und kein Genussmittel. Jedenfalls in kleineren Mengen. In jedem Falle haben viele süddeutsche Biere weniger Alkohol.

Dann begann die erste Ausfahrt. Es dauerte über zwei Stunden, bis alle Traktoren den Ort einmal durchfahren hatten, um dann Richtung Großglockner bei noch geringer Steigung nach Fusch zu fahren. Wieder war auf diesen ersten sieben Kilometern nach Fusch der Test, eine bestimmte Durchschnittsgeschwindigkeit zu fahren. Alte Traktoren haben ja keinen Tachometer. Das ist nicht so einfach, wie es aussieht, da mit Lichtschranke in hundertstel Sekunden gemessen wird. Die Traktoren wurden nach Alter und Leistung in Klassen eingeteilt und alles dann per Computer ausgewertet. Genauso wurde am Samstag dann bei der eigentlichen Passfahrt gemessen. In Fusch dann parkten wir über Nacht bis zum nächsten Morgen unsere von der Feuerwehr bestens bewachten Traktoren auf einer Alm. Am nächsten Tag früh aufgestanden und mit einem Bus zur Alm. An dem Samstag herrschte morgens um 6

Uhr schon noch in der Dämmerung auf der Wiese noch in der Dämmerung eine sehr eigen anmutende Stimmung, als 600 Traktoren gestartet wurden und die Motoren dröhnten, denn um 7 Uhr war Abfahrt.

Im Jahre 2005 hatte der Wettergott es ja nicht gut mit uns gemeint. Es hatte in Strömen geregnet und oben schon geschneit und die Regenwolken hingen tief im Tal. Diesmal sollte es kühl, aber gutes Wetter werden. An diesem Morgen dann kurz nach 6 Uhr im sich lichtenden Nebeldunst war es nicht so einfach, unter den dicht nebeneinander stehenden dieses Mal sechshundert Traktoren, seinen eigenen zu finden. Die Motoren röhrten beim Anlassen und nacheinander ging es dann nach Ferleiten, zur Mautstelle für den Pass. Trotz der frühen Morgenstunde standen die begeistert winkende Bevölkerung und die Touristen am Wegesrand. Diesmal wurde ab der Mautstelle gestartet. Die Sonne zeigte sich langsam. Und ab ging es die in Serpentinen sich windende Passtrasse hinauf. Da die Passtrasse extra für diese WM gesperrt worden war, brauchte man keine Angst zu haben, dass in den engen Haarnadelkurven jemand einem entgegenkam. Jeder fuhr nach eigenem Können, der Kraft seines Motors und auch nach eigenem Temperament, die einen schnell, die anderen langsam. Ich selbst hatte festgestellt, dass ich mit meinem Fordson Dexta selbst in den steilen Kurven mit bis zu 18 Prozent Steigung nicht herunterschalten musste. Bis zum Ziel nach 13 Fahrkilometern am Fuscher Törl in 2.428 Meter Höhe fuhr ich im dritten Gang. Also auch im Gebirge ausreichend Kraft. Dort oben angekommen, wurde jeder Traktor einzeln von einer begeisterten Menge begrüßt. Und wenn man zurück hinab ins Tal sah, erkannte man, wie sich wie kleine Spielzeugautos die Traktoren auf den Serpentinen von unten den Berg hinaufzogen. Dann bemerkte ich, wie ein paar Traktoren sich noch steiler auf einem schmalen nicht ausgebauten Wirtschaftsweg zur Edelweißhöhe auf fast 2700 Meter hochschleppten, wo es sogar eine Almbewirtung gab. Ich konnte es nicht lassen und fuhr nach, diesmal im zweiten Gang. Von hier konnte man mit dem Auge fast 30 km über die Alpenspitzen sehen. Für einen Flachländer ein einmaliger Anblick. Es gibt wohl nur wenige Traktoren in Europa, die jemals so hoch über dem Meeresspiegel gefahren sind. Nach einer kleinen Mahlzeit ging es zurück. Für die Ein-oder Zweizylinder Traktoren wie z.B. den Lanz und andere, die sich bei der Abwärtsfahrt überdreht hätten, war gesorgt. Sie wurden von einem kräftigen Traktor neuerer Bauart ins Tal gebracht. Das war lustig anzusehen, an einer Stange vorne und hinten jeweils ein Oldtimer und in der Mitte der große moderne Traktor. Bei der Rückfahrt später musste man dann schon aufpassen, denn inzwischen war die Passtrasse wieder für den allgemeinen Verkehr freigegeben. Nachmittags war dann im Tal die Präsentation aller Traktoren und Geschicklichkeitsfahrten. Abends wurden wieder in der großen Brauereihalle unter tosendem Beifall die Sieger bekannt gegeben. Alles feierte, denn jeder fühlte sich zu mindestens als Weltmeister. Allein die Teilnahme war alles. Der älteste Traktor war diesmal ein in Deutschland sehr seltener Fordson N aus dem Jahr 1932 und der älteste Fahrer war weit über 80 Jahre alt.

Am Sonntag wurden noch einmal alte bäuerliche Geräte gezeigt, nachdem man mit rund dreihundert Traktoren eine schöne Rundfahrt durch das Tal und die Nachbardörfer gemacht hatte. Dafür sperrte die Polizei mal eben kurz eine ganze Hauptstraße, damit der Konvoi sie überqueren konnte. Bei volkstümlicher Blasmusik und mit einem Brathendl und einem kräftigen Trunk klang diese so einmalige WM aus.

Von Salzburg über Passau und Waldkirchen (Bayerischer Wald) nach Wien.

In jüngeren Jahren war ich schon zwei Mal mit dem Fahrrad von Passau nach Wien und weiter gefahren. Diesmal sollte es mit meinem Fordson Baujahr 1962 sein.

Aber alles war ganz anders als mit einem Rad. Auf dem Wege zum Autoreisezug nach Altona hatte ich gleich das Glück, erhöht von meinem Traktor aus, anlässlich des Hamburger Hafengeburtstages die Schiffsparade zu sehen. Dann ein großes Hallo, als ich durch die Bahnhofshalle mit meinem Traktor auf die Verladerampe fuhr. In Salzburg morgens angekommen strahlte die Sonne. Doch dann kam die erste Schwierigkeit, die sich dann auch später immer wiederholen sollte. Das Auffinden der Nebenstraßen. Zwar hatte ich gute Radfahrkarten und Freizeitkarten mit. Aber häufig war es wirklich schwer und oft half mir mein guter Orientierungssinn, den ich von meinem Vater, einem Kapitän auf alten Handelssegelschiffen, geerbt hatte. In Salzburg zeigte mir schließlich eine Busfahrerin die schmale Straße an der Salzach Richtung Inn. Das erste Ziel war Oberndorf, die kleine Kapelle, wo das bekannteste Weihnachtslied „Stille Nacht, heilige Nacht" komponiert worden war. Das Gebäude ist nicht größer als eine kleine Friedhofskapelle. Ich hatte mir diesen Ort größer und imposanter vorgestellt. In Burghausen wollte ich eigentlich übernachten, aber es war noch so früh, dass ich beschloss weiterzufahren. Später dann aber ein Zimmer zu bekommen, war schwierig. Die Saison hatte noch nicht begonnen und viele Gasthöfe hatten am Montag geschlossen. In Gimpling 30 km hinter Braunau fand ich dann einen schönen Gasthof. Der Bettpreis war akzeptabel und ich bestellte mir wie auf der ganzen Reise stets Schnitzel mit Salat und einen Schoppen Veltiner. Dabei war es höchst interessant zu beobachten, wie sich der Preis auf der Reise für Bett, Essen und Wein anstieg, nicht aber die Menge oder die Qualität, je mehr ich mich meinem Endziel Wien näherte. Passau einmal von den Bergen auf der Innmündung anzufahren ist überwältigend. Mitten auf dem Domplatz machte ich eine Pause und stärkte mich für die Fahrt die Berge hoch nach Waldkirchen im bayerischen Wald.

Vor über vierzig Jahren hatte ich mit meinem bayerischen Studienfreund auf dem Hamburger Flohmarkt am Hafen aufgespielt. Jetzt hatte ich ihm mitgeteilt, ich käme mit meinem Traktor von Salzburg auf der Reise nach Wien in Waldkirchen im Bayerischen Wald vorbei. Was ich dann aber erleben durfte, wird nur selten Traktoristen zuteil. Dort angekommen, holte mich zunächst ein gemeinsamer Freund mit seinem Traktor ab. Wir müssten noch jemandem helfen, dessen Traktor nicht anspringt, meinte er. Also fuhr ich Flachländer aus dem hohen Norden die steilen Waldwege hinter ihm her. Der andere Traktor streikte absolut und wollte einfach nicht anspringen. Es waren auch schon andere von den Bulldogfreunden dort, wie in Süddeutschland Traktoristen genannt werden. Da nichts half, setzte sich einer von ihnen einfach drauf und ließ den bayerischen Bulldog die mit fast fünfzehn Prozent abfallende Straße einfach runterdonnern. Mir sträubten sich die Haare. Andere Landschaften, andere Sitten. Doch unten angekommen, war der Traktor immer noch nicht angesprungen. Da mein Fordson tadellos lief, durfte ich ihn wieder hochziehen. Da es auch beim zweiten Mal nicht klappte, obwohl man diesmal (!) auch den Sprithahn vorher geöffnet hatte, beschloss man, sich zu den anderen Bulldog-Freunden zu gesellen, die schon mit ihren fünfzehn herrlichen Traktoren einschließlich eines alten Mercedes-Lkws auf uns warteten. Dann zeigten sie mir gemächlich im Konvoi fahrend ihren schönen Ort. Schließlich stellten sie sich auf dem Marktplatz auf, wo sich schon ein Alpenhorn-Quartett mit meinem Freund aufgebaut hatte, und nahmen mich in die Mitte. Die Motoren wurden abgestellt und in der Abendsonne ertönten besonders stimmungsvoll die Alpenhornklänge, von den Häusern des Marktplatzes zurückgeworfen. Der Dezernent für Touristik überreichte mir freundlich und feierlich eine Waldkirchen-Kappe, die ich noch heute im Sommer trage. Nochmals erklangen die Hörner und die gesamte Gesellschaft zog in das Lamperstorfer Gasthaus nebenan, wo zu gemeinsamer Brotzeit und Bier nun das Sausbach Quartett mit meinen Freunden bayerisch-böhmische Volksmusik aufspielten. Beglückt suchte ich am stockfinsteren Abend im Schein meiner Traktorlampen mein Nachquartier bei meinem Freund auf, sehr stolz darauf, dass man mir nichts ahnend einen derartig, einmalig schönen und herzlichen Empfang bereitet hatte.

Am nächsten Tag ging es steile Serpentinen abwärts nach Niederanna, um auf die Donau zu stoßen. Zum Glück, denn im Bayerischen Wald war es noch lausig kalt. In Linz schaffte ich es nur durch ein paar verbotene Kehrtwenden, schließlich den Weg direkt an der Donau entlang zu finden. Ein bisschen Narrenfreiheit hat man mit so einem Gefährt immer. Nach einer guten Nacht im Gasthof in Au hinter Mauthausen, wo ich schon früher übernachtet hatte, fuhr ich durch wunderschöne Donauniederungen. Eigentlich darf man dort ja nicht fahren. Viele Wege sind für Pkw gesperrt. Aber ich hatte ja ein landwirtschaftliches Fahrzeug.

In Marbach gab mir der Wirt „Zur schönen Wienerin" einen ausgezeichneten Tipp. Nicht weit entfernt in Leiben gäbe es ein Schloss mit einer erstklassigen Sammlung von Traktoren und landwirtschaftlichen Geräten. Ich fuhr hin und parkte direkt im Schlosshof meinen Fordson. Wieder bekam ich wie in dem Museum in Caister in England nur durch einen Zufall durch den Kurator eine höchst private Museumsführung. Neben sehr vielen Traktoren, wovon u.a. auch ein Lanz zu Schulungszwecken genau hälftig völlig durchgesägt worden war, gab es auch viele Miniaturen von landwirtschaftlichen Geräten, die in den Fachhochschulen der Region zu Lehrzwecken genutzt worden waren.

Melk mit dem Benediktiner Stift musste ich natürlich „auch meinen Traktor zeigen". Vor über vierzig Jahren hatte ich schon einmal in Dürnstein in der Wachau gut übernachtet. Zwar ließ mich die Polizei höflich grüßend durch die für den Verkehr verbotene Altstadt fahren, aber wegen der Kommerzialisierung dieses Ortes fuhr ich auf der anderen Seite des Ortes wieder heraus und suchte mir ein preisgünstigeres Quartier. Das Schnitzel war inzwischen von sieben auf zwölf und das Viertele von eins neunzig auf vier Euro gestiegen. Ich wollte nicht direkt in Wien übernachten, sondern fand in der Nähe der Burg Greifenstein einen netten Gasthof.

Als ich am nächsten Morgen in Klosterneuburg tankte, hatte ich gleich eine Traube von Traktorenfans um mich herum, die mir den guten Tipp gaben, Wien doch über die Höhenstrasse anzufahren, also gewissermaßen oben von Grinzing, dem viel besungenen Weinort von Wien, kommend. Als ich kurz vor Wien durch einen großen Wald fuhr, roch es plötzlich sehr intensiv nach Knoblauch. Ich sah mich erstaunt um und bemerkte, dass links und rechts vom Wege der Boden weit und breit mit Bärlauch bedeckt war. Das also war der Grund.

Als ich neben der Hofburg in eine Straßenkarte schaute, um mich zu orientieren, hielt direkt neben mir auf gleicher Sitzhöhe ein Ford Transit und der Fahrer und dessen Begleiter fragten mich nach meiner Niedersachsenfahne und wohin ich denn wolle. Ich antwortete ihnen, ich wolle mir noch kurz Wien ansehen, wo ich allerdings schon mehrfach gewesen sei, um dann mit dem Autozug abends Richtung Heimat zu fahren. Bei diesem Gespräch hatte ich bemerkt, dass beide Männer ein Emblem am Ärmel trugen. Es waren Polizisten der Bundespolizei Österreichs. Doch nun kam die Überraschung: Ausgerechnet diese Amtspersonen empfahlen mir, doch einfach mit meinem Traktor langsam den Fiakern immer nachzufahren, dann hätte ich eine schöne Rundfahrt und würde mit einem Male alle Sehenswürdigkeiten sehen. Dazu muss man wissen, dass die gesamte Innenstadt Wiens für den Verkehr seit Jahren absolut gesperrt ist, mit einer einzigen Ausnahme, der Fiaker und nun eben meiner Person auf dem nicht gerade leise bullernden Fordson. Ich trottete also brav den Pferdekutschen hinterher. Die Fiaker selbst und die vielen Touristen wunderten sich, aber niemand sagte etwas, selbst dann nicht, als ich am Stephansdom genau neben den Kutschen eine Pause machte. In Hamburg angekommen ging es wieder zurück über die Reeperbahn und die Elbbrücken, aber gleich danach bog ich rechts ab in Richtung Altes Land.

Anhang:

Dampfgetriebene Straßenfahrzeuge.

Aus meiner Kindheit kannte ich zwar diese riesigen Straßenwalzen, jedoch niemals mit Dampf betriebene. Eigentlich war mir bis zu meiner ersten Reise nach Strumpshaw diese Art der Mobilität mit Hilfe von Dampf völlig unbekannt. Gespannt hatte ich schon in Caister den Erzählungen des Kurators zu den mit Dampf betriebenen Luxusautos zugehört. Ich konnte kaum glauben, dass eines dieser Modelle sogar 200 km/h erreicht haben soll. Aber schon kurz danach auf dem Wege hin zur Strumpshaw Show musste ich auf der Straße einem riesigen Lokomobil auf der Landstraße Platz machen. Auf der Messe selbst waren die unterschiedlichsten Modelle in Groß und Klein zu sehen.

Später dann auf der Steam Show freundete ich mich mit einem Engländer an, der voller Stolz so ein Sentinel DG 4 Lastkraftwagen mit Dampfbetrieb und sogar einem offiziellen Straßenzulasungsschild an der Front und auf der Hinterseite wie bei den normalem Lkw oder Pkw. Wir konnten uns auch etwas auf Deutsch unterhalten, da er eine Zeit lang in Munster bei Soltau als Soldat stationiert war. Ich versuchte ihn zu überreden, doch mit seinem Gefährt zu uns nach Deutschland zu kommen, genauso wie ich via Harwich- Cuxhaven. Das wäre dann auf beiden Seiten nur 100 km gewesen, also auch für sein Gefährt keine Strecke. Da das ganze Thema für mich so neu war, kaufte ich mir gleich dort Literatur auf der Messe und informierte mich später auch in Deutschland.

So erfuhr ich, dass schon im Jahr 1769 der Franzose Nicholas Cugnot ein dampfgetriebenes Zugfahrzeug dem Militär vorgestellt hätte, um damit später Geschütze zu ziehen. Aber ausgerechnet bei der Vorführung fuhr er mit seinem Fahrzeug durch die Mauer einer Kaserne. Der Grund: Er hatte vergessen, auch eine Bremse einzubauen. Als dann Anfang des neunzehnten Jahrhunderts die erste Eisenbahn zwischen Liverpool und Manchester lief, ging die Entwicklung auch von straßenfähigen Dampffahrzeugen rapide voran. Schon im Jahr 1801 gab es eine Art Postkutsche mit Dampfbetrieb, mit dem wunderschönen Namen *puffing devil*. Nur dreißig Jahre später gab es in England zwischen einigen Städten schon einen regelrechten Linienverkehr mit sogenannten Dampfbussen.

Der Durchbruch in der Mobilität war gekommen, als der Engländer Thomas Aveling 1859 mittels einer langen Fahrkette aus einem portablen Dampfmotor ein brauchbares Lokomobil baute. Schnell gab es bald alle Varianten von Zugmaschinen, Pflugmaschinen und Dampfwalzen. Sehr viele Firmen sollten sich bald mit allen möglichen Entwicklungen beschäftigten.

In diesem Zusammenhang muss auch der Münchner Lankensberger erwähnt werden, der die Achsschenkel-Lenkung, bei dem jedes Vorderrad eine eigene Schwenkachse hat, entwickelte. Sein Patent verkaufte er an den in England lebenden Unternehmer Ackermann. So spricht man noch heute vom „Ackermann-Winkel" für die Bezeichnung des Lenkwinkels bei mehrspurigen Fahrzeugen.

Aber trotz aller Fortschritte gab es auch sehr viel Kritik, besonders in den Städten bei der Personenbeförderung mit Dampfmobilen. Geheizt wurde mit Steinkohle, die man aber auch riecht oder für andere Nasen auch stinkt. Außerdem benötigt Kohle Platz zur Beförderung, was diese Gefährte gewichtsmäßig schwer machte. Später nutzte man auch anderes Brennmaterial wie Petroleum. Eigenartigerweise aber war der Schwerpunkt der Entwicklungen in England mehr im ländlichen Gebiet als im westlichen Industriegebiet von Birmingham und Manchester. Mobile Dampfmaschinen wurden auch in Europa gebaut. Aber durch das Commonwealth fanden die englischen Maschinen auf der ganzen Welt einen breiteren Markt wie auch bei meinem Fordson-Traktor.

Parallel dazu ging die Entwicklung der Dampfautos, die nicht nur immer luxuriöser, sondern auch immer schneller wurden. Wie ich persönlich in Caister sehen konnte, unterschieden sich diese Dampf-Pkw jener Zeit äußerlich überhaupt nicht von einem Personenkraftwagen mit einem Benzinmotor. In den USA gab es um 1900 einen richtigen Boom. Rund 10.000 dampfgetriebene Automobile wurden registriert. Sogar das Weiße Haus in den USA bestellte diese Autotypen, die auch genutzt wurden, sogar vom Präsidenten der USA. Bessere Reklame gibt es wohl nicht. Doch dann begann gerade auf dem Gebiet der Personenbeförderung der Konkurrenzkampf um die beste Art des Motors. Nicht nur Autos mit Benzinmotor kamen neben den Dampfautos auf den Markt, sondern auch Wagen, die elektrisch fuhren. Ja es gab auch eine Kombination. Über eine Dampfmaschine wurde ein Generator angetrieben, der wiederum für Strom für den Elektromotor für den eigentlichen Antrieb sorgte. Davon soll es in den USA gut eineinhalb Tausend gegeben haben. Sämtlich denkbaren Kombinationen wurden entwickelt und ausprobiert.

Während der Weltwirtschaftskrise in den Dreißigern mussten viele namhafte Firmen wie Allchin's, Mann's und Burrell aufgeben. Einige Firmen aber wie Aveling-Barford und Marshall's of Gainsborough produzierten noch bis 1950.

Aber auch die deutsche Firma Krupp und auch Henschel bauten Dampfmobile, Henschel sogar bis 1953. Henschel hatte schon 1931 von der amerikanischen Firma Doble einen Dampfwagen gekauft und diesen dann in Kooperation mit dieser Firma weiterentwickelt. Teils wurden diese auch als Busse gebaut. Drei dieser Busse, die den Kessel im Heck hatten, konnten eine Geschwindigkeit von immerhin 110 km/h erreichen. Sie wurden nach Kassel, Bremen und Bielefeld ausgeliefert. Meistens aber war der Dampfkessel geschützt unter einer Haube und der Antrieb erfolgte über die Hinterachse mit einem Kettenantrieb oder einer Kardanwelle, die es seit über einhundert Jahren gibt. Dreizehn Dampflastkraftwagen wurden von der Firma Henschel gebaut und ausgeliefert. Aber auch noch direkt nach dem letzten Weltkrieg machte man Versuche, um mit diesen Dampfwagen, teils im Auftrag der Reichsbahn, schwere Güter zu transportieren. Dabei wurde auch Braunkohlenteer als Brennmaterial genutzt. Auch in den Anfängen der DDR wurden noch dampfgetriebene Fahrzeuge entwickelt. Das letzte Dampfmobil wurde von der Firma Suizhou 1966 in China gebaut.

Das Bauprinzip ist bei allen Typen prinzipiell gleich. In einem multitubulären Boiler wird Wasser über eine Feuerquelle, meistens Steinkohle, später auch Petroleum, erhitzt. Über ein zweites Röhrensystem mit Gegenlauf werden die heißen Abgase zum Kamin geleitet. Die Feuerquelle wird gut belüftet und ein Verdampfer sorgt für die Produktion von Dampf, der wiederum unter Druck gehalten wird. Das Brauchwasser muss mithilfe einer durch eine Kurbelwelle angetriebene Druckpumpe in der Regel an der tiefsten Stelle des Tanks aufgefüllt werden. Über spezielle konische Ventile wird der Dampf so geleitet, dass dessen Druck schließlich höher ist als der Druck im Boiler. Das Ganze ist durch mehrere Sicherheitsventile und Manometer abgesichert, die regelmäßig kontrolliert werden müssen. Vorwärts und Rückwärtsgang werden über ein Klappenventil gesteuert. Ein oder auch mehrere Kolben übertragen mit Hilfe von Kurbelwellen die Kraft auf die Hinterachse und andere Antriebswellen. Häufig können über ein Differentialgetriebe bis zu drei Gänge eingelegt werden und so eine sehr viel höhere Geschwindigkeit erreicht werden. Neben einer Art auf die Räder wirkende Scheibenbremse kann man auch das Schwungrad zum Bremsen benutzen.

Ein spezielles Dampfzylinder-Öl, das nicht bei hohen Temperaturen und hohem Druck emulgiert, schmiert über ein mechanisches Pumpsystem und Klappenventile die Zylinder. Daneben gibt es bei einem Lokomobil bis an die 50 Schmierstellen, die in regelmäßigen Abständen geschmiert werden müssen.

Die ersten brauchbaren Dampfmaschinen waren Standmaschinen, die relativ einfach konstruiert waren und auf einem Pferdewagen zu ihrem Einsatzort hin transportiert wurden. Meistens trieben sie über einen Lederriemen Dreschmaschinen, Wasserpumpen und Kornmühlen an. In Südamerika benutzte man sie noch im Jahr 1990. Dort benutzte man auch Zuckerrohr zum Heizen.

Dampfgetriebene Landmaschinen wurden im Sommer zum Dreschen, zum Strohschnitt oder zum Antrieb von Elevatoren benutzt, um in der Winterperiode als Walzen für den Straßenbau, als Kräne oder zum Pumpenbetrieb genutzt zu werden, aber auch als Zugmaschinen für Ziegelsteine und große Bäume. Je nach Einsatz entwickelte man kleinere und größere Maschinen, die bis zu 20 Tonnen wiegen konnten. Besonders bei stationärem Einsatz war ein gleichmäßiger Lauf wichtig, der über ein Schwungradsystem und ähnliche mechanische Regulierungen gewährleistet wurde. Hierbei waren die mehrzylindrischen Systeme besser.

Die Dampftraktoren und auch die Dampfwalzen wurden nach ihrer PS-Stärke eingeteilt, was häufig zu Verwirrungen führte. Wenn man aber die angegebenen PS-Zahlen in etwa mit acht multipliziert, kommt man zu vergleichbaren Werten mit anderen Verbrennungsmotoren. Die größten mobilen Dampfmaschinen, die je gebaut wurden, hatten ein Gewicht von bis zu 25 Tonnen und eine Kraft von 275 PS. Sie dienten besonders zum Tiefpflügen. Schon 1861 setzte Fowler zwei Lokomobile ein, die über ein Stahlseil einen riesigen Pflug über das Feld zogen. Noch im Jahre 1950 wurde in Deutschland auf diese Weise Torf mit einer Tiefe von bis zu 2,50 Meter umgewälzt. Als ich auf meiner Traktortour nach Wien das Traktormuseum im Schloss Leiben besichtigte, sah ich dort ein funktionierendes Modell eines derartigen Tiefpfluges zu Schulungszwecken für die landwirtschaftliche Hochschule.

Richtig bekannt aber wurden Anfang des neunzehnten Jahrhunderts die Dampfwalzen, die wegen des zunehmenden Autoverkehrs für den Straßenbau schon damals gebraucht wurden. Da man die Walzen jetzt auch überall mehr sah, wurden sie so auch der Bevölkerung bekannter. Zwischen 6 und 15 Tonnen betrug das Gewicht. Aveling & Porter bauten allein in England davon 6.800 Exemplare.

Die sogenannten Straßen-Lokomobile waren die Größten ihrer Gattung. Was für die Eisenbahn zu groß oder unerreichbar war, transportierten sie, oft über unebenes Gelände und lange Strecken. Riesige Lokomotiven,

Schiffsantriebsschrauben, Transformatoren und Statuen zogen sie zu ihrem Bestimmungsort. Mit drei Geschwindigkeitsgängen schafften sie bis zu 19 km/h. Daneben gab es auch kleine dampfgetriebene Traktoren mit einem Gewicht von circa 3 Tonnen und bis zu drei Zylindern. Ihre Geschwindigkeit wurde per Gesetz auf 8 km/h begrenzt. Sie konnten von einem Mann gefahren werden. Ihre Einsatzmöglichkeit war vielfältig.

Schließlich gab es dann noch die dampfgetriebenen, imposanten und auffälligen, mobilen Dampfmaschinen der Schausteller. Durch ihre bunte Bemalung fielen sie einfach auf und sollten das auch. Im Prinzip waren sie Straßen-Lokomobile, die mit drei Gängen und einem zusätzlichen Wassertank große Entfernungen überbrücken konnten. Auf den Jahrmärkten trieben sie über einen Lederriemen das Karussell an. Ein Dynamo, meistens vorne platziert, sorgte für ausreichend Strom zur wahrhaften Illumination und über einen zweiten Antrieb wurde dann oft noch die Kirmesorgel angetrieben. Daher kommt die fälschliche Bezeichnung „Dampforgel". Natürlich hatte jede dieser imposanten Lokomobile auch einen besonderen Namen, der in großen, schön geschwungenen Lettern auf der Maschine in Messing oder seitlich an der Markise zusammen mit dem Eigennamen zu sehen war.

Ab 1896 wurden dampfgetriebene Lastwagen gebaut, zum Teil auch mit Öl befeuert. Der von Thomycroft in London gebaute allererste Lastkraftwagen existiert noch heute. Mit flüssigem Brennstoff gefahrenen Lastwagen nannte man Lifu, eine Abkürzung für „liquid fuel". Gerade in Leeds und Lincoln in Ost-England wurden die dampfgetrieben Lkws gebaut.

In Deutschland exportierte 1900 die Firma Hagen diese Dampfwagen nach England ebenso wie sich die französischen Firmen am Export nach England beteiligten. Vom Typ her unterschied man den Ober-, Unter-und Hinter Typ, abhängig von der Lage des Boilers und der Lokalisation der Maschine. Am erfolgreichsten bei der Entwicklung war hier die Firma Foden. Insgesamt baute diese Firma insgesamt 6.500 Einheiten, davon sogar einige Busse.

Die Firma Garret baute bis 1927 Drei-bis Sechstonner, die aufgrund des Erhitzungssystems eine hohe Effizienz hatten. Aber selbst Fünfzehntonner mit drei Achsen wurden entwickelt und gebaut. Einer der erfolgreichsten Lkw seiner Zeit war der Typ „Sentinel" der Firma Mann's in Leeds, Ost-England. Dieser Typ fand später zahlreiche Nachahmer auch im Ausland. Auch von diesem Typ wurden 6500 Stück gebaut, sogar noch nach dem zweiten Weltkrieg. Von diesen Modellen konnte ich gleich mehrere Exemplare in verschiedenen Ausführungen in Strumpshaw bewundern.

Nach dem Krieg und der ersten Ölkrise 1956 kam es zu einer Renaissance, die bis 1961 anhielt. In Deutschland baute vor dem Krieg L. Schwartzkopff, später Berliner Maschinebau AG oder BMAG, dampfgetriebene Lkws mit britischer Lizenz. Auch HANOMAG beteiligte sich am Geschäft ebenso wie erneut Friedrich KRUPP. Keiner dieser Lkws ist uns erhalten geblieben. Nach 1945 wurden dann noch einige Exemplare von den deutschen Firmen Dias, Lenz & Buthenuth, Lowa und Sachsenberg gebaut oder umgebaut. In der Sowjetunion gab es ein Lokomobil-Modell, das mit Holz beheizt wurde. Mangelte es an Brennstoff, konnte man sich im Wald bedienen. (Vor ein paar Jahren bin ich im Urlaub in Finnland noch eine einsatzfähige, diesmal Lokomotive auf Gleisen gefahren, die nur mit großen Holzscheiten befeuert wurde).

Unvergesslich aber bleiben mir die original amerikanischen Personenkraftwagen, die ich in Caister/Ostengland sah. Dieser dampfgetriebenen Pkw der Firma Stanley Steamer fuhr schon im Jahre 1906 mit 127 mph, das sind fast 200 Stundenkilometer pro Stunde, einen Weltrekord. Selbst Präsident Roosevelt fuhr während seiner Amtszeit in einem dampfgetriebenen Rolls-Royce. Die 1904 von Tonneau in den USA gebaute Limousine musste erst nach etwa 160 Kilometer Fahrstrecke Wasser aus irgendeinem Tümpel oder Bach nachpumpen.

Mehr zu diesem Thema der Dampf-Pkws kann man bei der ASAC, der American Steam Automobil Company, nachlesen. Wenn man diese dampfgetriebenen Autos in allen Größen gleich mehrfach gesehen hat, wie ich es auf meinen Englandreisen konnte, dann kommt einem schon der Gedanke, ob diese Art nicht eine Möglichkeit wäre, vom mit Benzin oder Diesel getriebenen Motor wegzukommen und schadstofffärmer dennoch mobil zu sein.

Für weitere Informationen sollte man die u.a.Link anklicken. Alte, dampfgetriebene Pkw sind heute noch im Handel.

.

Die Historie von Fordson Traktoren

In Deutschland oder Österreich sieht man auf einer Oldtimer-Traktoren Show nur sehr wenige Fordson Traktoren. Auf einhundert Traktoren kommen etwa zwei Fordson im Schnitt. Dabei handelt es sich in der Regel um die Modelle, die nach 1960 gebaut wurden wie mein Fordson Dexta. Ältere Modelle wie den allerersten Fordson F sind äußerst selten, wobei der Fordson N, der während des letzten Weltkrieges gebaut wurde, hier fast völlig unbekannt ist. Dabei sind sämtliche Traktoren, besonders die in England gebauten, über das ganze Commonwealth in großer Anzahl verteilt. So findet man auch heute noch beispielsweise in Indien, Australien und Neuseeland alte Fordson-Traktoren, die immer noch im Einsatz sind. Wenn sie auch nicht alle mehr fahrbereit sind, so können sie doch in der Landwirtschaft immer noch als Antriebsquellen genutzt werden. Aber nicht nur im Commonwealth, sondern auch in unseren Nachbarländern wie die Niederlande oder die skandinavischen Länder sieht man immer wieder viele Fordson, die größtenteils nach dem letzten Weltkrieg angefertigt wurden. Kaum hat man die dänische Grenze überschritten, fallen einem als Traktorfan sofort diese meist enzianblaue Traktoren auf.

Henry Ford I., Sohn eines irischen Landwirts, hatte schon als junger Mann jahrelang im Kopf, einen kleineren, handlicheren, preisgünstigeren Traktor zu bauen als die bis zu zehn Tonnen schweren Landmaschinen wie den Hart-Parr oder Oliver, mit denen er groß geworden war. 1913 bastelte er dann seinen ersten Traktor in technischer Anlehnung an sein Ford T Modell. 1916 war der erste Prototyp fertig. Der erste Weltkrieg und die hungernde Bevölkerung in England zwangen ihn, sein Projekt zu beschleunigen und so konnte er 1917 schon 254 Traktoren ausliefern, die anfangs noch den Namen Ford trugen.

Im Jahr 1918 sollten es schon 34.167 Stück sein, die dann aber schon den Namen Fordson F trugen. Dies war der Grund der Namensänderung: Ein Großteil der Produktion wurde sehr bald von Michigan/USA nach Cork in Irland verlagert, wo Henry Ford und sein Sohn Edsel die Firma „Henry Ford & Son" gegründet hatten. Doch die Iren und Engländer nannten den Traktor und die Firma abgekürzt einfach „Fordson". Und dabei blieb es. Die Nachfrage stieg immens. Ende 1919 sollten es schon 100.000 Fordson F sein, die die Werke in den USA und in Irland verlassen hatten. Exportiert wurde nicht nur nach Kanada, sondern auch nach Frankreich, Spanien, Dänemark und Rumänien. Sogar in der neuen Sowjetunion wurden bis 1932 in der Putilovets Fabrik in Lizenz über 50.000 Fordson F gebaut. Bis 1929 sollten insgesamt in den USA und in Europa 747.681 Fordson F in einem hellen Grau mit rot lackierten Rädern die Werke verlassen. (Eine andere Quelle geht von 674.476 Stück aus). Sehr bald sollten all diese Traktoren, anfangs schon mit einer mechanischen Dreipunkt-Halterung ausgerüstet sein. In Finnland hatte ich die Gelegenheit, mit einem Fordson F der zwanziger Jahre eine Ehrenrunde zu drehen und war überrascht, wie handlich, aber auch kräftig dieser Traktor ist. Nur das Anschmeißen des Motors mit der Kurbel und der Initialzündung mit Benzin fand ich, der ich einen elektrischen Anlasser gewohnt war, sehr anstrengend. Der Motor lief dann weiter mit Kerosin. Spätere Modelle aber hatten dann schon eine Bosch-Magnetzündung.

Sowohl in Finnland als auch in England fragte ich dann, woher man denn in der heutigen Zeit Kerosine bekäme. Die Antwort war jedes Mal: Man müsse eine gute Beziehung zum Flughafen seiner Region haben. Flugpetrol oder auch in der englischen Welt als Paraffin Oil oder mehrheitlich Kerosene bezeichnet, ein Nebenprodukt des Erd- oder Schieferöls, ist in den EU Ländern mit Ausnahme der Niederlande immer noch steuerfrei.

Ende der zwanziger Jahre war die Nachfrage für den Fordson F in den USA nicht mehr sehr groß, obwohl das Geschäft in Europa sehr gut lief. Bis nach China exportierte man den Fordson. Ford begann sich wieder mehr auf die Produktion von Personenwagen wie das A-Modell zu konzentrieren, ließ aber einen neuen, verbesserten Traktortyp entwickeln, der nun Fordson N hieß. Die Hauptveränderungen oder Verbesserungen waren die Magnetzündung, das verbesserte Kühlsystem durch ein Wasserpumpsystem und die veränderten Kotflügel.

Die ersten serienmäßig hergestellten Fordson N kamen 1929 noch aus Cork in Irland. Doch die Lackierung in Hellgrau wurde nun Geschichte. Durch einen Mischungsfehler bei der Lackierung entstand ein kräftiges Dunkelblau, dem später sogenannten „Empire Blue", was von 1929 bis 1945 typisch für die Fordson-Traktoren sein sollte, speziell für den N-Typ. Spätere Fordson F Traktoren sollten auch im auffallenden Orange eine Zeit lang ausgeliefert werden. Da aber sowohl das Orange als auch das Blau im zweiten Weltkrieg für die deutschen Tiefflieger allzu auffällig waren, bekamen während des letzten Weltkrieges sämtliche Modelle eine dunkle Tarnfarbe.

1932 wurde die Produktion von Cork in Irland nach Dagenham, östlich von London, verlegt, wo bis 1964 sämtliche Fordson Traktoren, also auch die späteren Dexta und Dexta Major fabriziert wurden. Als ich 2004 und 2005 mit meinem in Deutschland zugelassenen Fordson Dexta auf der Strumpshaw Steam Fair erschien, dauerte es keine halbe Stunde, dass sich eine Traube von ehemaligen Facharbeitern aus Dagenham um meinen in Deutschland zugelassenen Fordson Dexta bildete, die bei meinem Traktor auf seine Unterschiede, wie die 12 Volt Bosch- Lichtmaschine, in England ist immer noch Lucas marktführend, oder die maulartige Anhängerkupplung, sofort bemerkten.

Der vor dem Typ Dexta gebaute Fordson N wirkt insgesamt etwas größer. Man sitzt auch höher. Aber technisch waren zu seinem Vorläufer, dem Fordson F, keine großen Veränderungen. Allerdings brachte der Motor eindeutig mehr Leistung, was aber wohl der Firma Shell zu danken ist. Das früher genutzte Kerosin hatte einen Oktanwert von bestenfalls 20. Nun gab es im Handel dank Shell ein Motor-Petroleum mit 35 bis 50 Oktan, weshalb es nun möglich war, die Kompression zu erhöhen. Schwierigkeiten gab es nur, wenn die englischen Landwirte nach alter Gewohnheit das alte Kerosin ihres Fordson F nutzten. Das passierte aber nicht in den Exportländern, da die Käufer meist keine alten F Modelle besaßen. Der Fordson N war im Kriege auch bei der Armee als besonders gutes „Zugpferd" beim Versetzen von Flugzeugen, Bombentransportern und Tankzügen beliebt und übertraf hier klar andere Traktoren. Zwischen 1939 und 1945 hatte Fordson in England einen Marktanteil von 95 Prozent.

Im Jahr 1944 verlangte das Landwirtschaftsministerium einen Traktor, der nicht nur eine noch bessere Zugkraft von bis zu 14 Pflugschare, sondern auch eine höhere Bodenfreiheit, eine zusätzliche Antriebswelle für Geräte besitzen und einen elektrischen Starter haben sollte. Dieser kam unter dem Namen Fordson Major E27N im Jahr 1945 auf den Markt. 1946 sollte dieser Traktor dann mit dem sechszylindrigen Motor des Ford- Lastwagen ausgestattet werden. Doch mit dem Benzinmotor hatte man nur Schwierigkeiten. Abhilfe kam mit dem von Perkins entwickelten sechszylindrigen Dieselmotor mit anfangs 45 PS, der sich bestens eignete und ab 1948 eingebaut wurde. Dieser ebenfalls dunkelblaue Traktor mit roten Felgen oder auch Eisenrädern, je nach Einsatz, wurde insgesamt 233.112 Mal bis 1952 gebaut. Ich selbst habe diesen Traktor wiederholt in England gesehen und auch in Finnland kannte man seine Qualitäten. In Deutschland ist dieses Modell, wohl wegen der Handelsbeschränkungen im letzten Weltkrieg, kaum bekannt. Nur ein einziges Mal sollte er mir bei der internationalen Großglockner Traktoren WM begegnen. Aber ich weiß nicht, aus welchem Land er kam. Manchmal sieht man diesen Major auf einer Traktoren-Show in anderen Ländern auch mit Raupen über Vorder-und Hinterachse für schweres Gelände ausgestattet, sogenannte „Roadless".

Neben diesem Fordson Major hatte im Jahr 1939 Ford zusammen mit Ferguson in den USA einen gemeinsamen Traktor mit dem Namen Ford 9N gebaut, der mit einer von Ferguson entwickelten hydraulischen Hebevorrichtung ausgestattet war. Um dieses hydraulische System, das es heute sowohl beim Ferguson- Traktor als auch beim Fordson-Traktor gibt, sollte dann nach dem Ausscheiden des alten Henry Ford ein jahrzehntelanger Rechtsstreit entstehen. Auch mein Dexta besitzt diese Hydraulik.

Da in England der relativ große und hohe Fordson Major E nicht sämtliche Käufer ansprach und auch Ferguson einen kleineren Traktor baute, begann man in England Ende der fünfziger Jahre eine kleinere Version zu entwickeln. Dabei half auch, dass der sechszylindrige Perkins-Motor vom Major auch mit dem halben Zylindersatz sehr gut in ein kleineres Modell passte. Die Räder wurden kleiner und das Ford-Getriebe mit vier Gängen verändert, so dass diese kleinere Version schließlich sechs Vorwärts-und zwei Rückwärtsgänge besaß. Die ersten Prototypen liefen unter dem Namen Kadett-Major und waren farblich braun, grau und grün, aber nicht blau. Sämtliche späteren Modelle wurden dann im auffallenden Enzianblau ausgeliefert, auch der spätere Super-Dexta. Im Jahr 1957 war dieser Typ reif, um auf den Markt zu kommen. Dieser Traktor erhielt die offizielle Typenbezeichnung Fordson Dexta 957 E. Der Name leitet sich von Dexter und Dextrous ab, womit eine besonders kleine südirländische Rinderrasse bezeichnet wird. Im irländischen Dialekt versteht man auch darunter flink oder leichtfüßig. Dass der Dexta gut zu handhaben ist, sollte ich auf meinen langen Reisen merken.

In diesen Dexta baute man einen Perkins F3 Motor ein, dessen Teile von Fordson in Dagenham selbst gegossen und dann von Perkins zusammengefügt wurden. Der erste Dexta Nr. 0001 wurde am 1.November 1957 ausgeliefert. Mit diesem Traktortyp wurde Ford erneut zum größten

Traktorhersteller in England. Allein im ersten Jahr verließen 22.444 Traktoren das Werk. Er wurde zu einem der größten Exportartikel nicht nur in die USA, sondern nach Australien, Neuseeland, Kanada, Israel, Schweden, Dänemark, Norwegen und Finnland. Es gab auch eine vierzylindrige Benzinversion von Perkins, die sich aber nicht durchsetzte. In den nächsten Jahren sollte einige Veränderungen vorgenommen werden, wie die Verbesserung der Hydraulik. Später wurden die außen liegenden Scheinwerfer in die vordere Maske verlegt.

Im Dezember 1961 kam dann noch ein Super Dexta heraus mit einer 2,5 Liter Maschine. Der PS Zahl von 32 beim Dexta stieg bei Super Dexta auf 39,5 PS. In Serie wurde dieser aber erst ab 1962 gebaut.

Henry Ford hätte 1928 fast schon die gesamte Traktor-Produktion eingestellt, wenn man ich nicht dazu überredet hätte, in England, wo das Geschäft immer relativ gut lief, weiterzumachen. Sämtliche von Ford gebaute Traktoren waren immer auf dem allerletzten Stand der technischen Entwicklung und vom Preis her auch erschwinglich. Während der NS Zeit in Deutschland und danach bestanden wohl keine größeren Handelsbeziehungen zu Deutschland, vielleicht aber hatte man sich auch selbst abgeschottet. Da aber die Fordson-Traktoren weltweit verkauft wurden und viele weltweit heute noch im Einsatz sind, bekommt man immer noch sämtliche Ersatzteile, zum Teil noch zu meiner allergrößten Verwunderung in der Originalverpackung, wie ich beim Kauf von Zylinderdichtungen selbst feststellen konnte. Insgesamt wurden weit über zwei Millionen

Fordson-Traktoren, deren Einzelteile sehr oft identisch waren, weltweit verkauft. Allein von dem allerersten Fordson Modell F waren es 739.977 Exemplare. Fasst man sämtliche, weltweit verkauften Fordson Modelle zusammen, so kommt man so sind es Millionen. Kein Wunder, dass es immer noch originale Ersatzteile gibt.

Die Daten meines Fordson Dexta:

3-zylindriger Diesel Perkins-Motor.

Durchmesser der Zylinder 89 mm

Zylinder Hubraum 2360 qm

Zündung 1 – 2 – 3

32 PS bei 2000 U/min

Kühlung: verstärktes Pumpsystem

Breitenabstand der Räder verstellbar

6 Vorwärts-und 2 Rückwärtsgänge

Min. Geschwindigkeit 2,81 km/h

Max. Geschwindigkeit 28, 2 km/h

Länge 301 cm

Breite 164 cm

Höhe 118 cm

Bodenfreiheit 30,5 cm

Gewicht 1352 kg

Literatur:

Illustrated Directory of Tractors, Peter Henshaw. ISBN 1-84065- 374- 4

Ultimate American Farm Tractors, Data Book. Nebraska Test Tractors 1920-1960, ISBN 0-7603-0477-7

Fordson History, Alan Condie, ISBN 0-7110-2828-1

Klassische Ackerschlepper. Nick Baldwin/ Andrew Morland, ISBN 3-613-01952-3

Kotimaiset Traktorit, Olli J. Ojanen, ISBN 952-5089-65-5

Fordson-Club Finnland, Zeitung Jahrgänge: 4/2001; 12/2001; 3/2003; 10/2005 und 12/2006

Links:

Ford und Fordson Ersatzteile, Großhandel Sparex, www.sparex.de

Traktorenzeitschrift „Schlepperpost" , www.verlagrabe.de

Fordson Club Finland, www.masinistit.com

www.tractor-and-machinery.com

www.strumpshawsteammuseum.co.uk

www.traktorwm.at

www.steamautomobile.com

www.steamcar.net

Weitere Veröffentlichungen des Autors:

Kein langweiliges Leben. Dreiteilige Biografie, Tredition Verlag, Hamburg

Teil 1: Woher ich komme, wohin ich ging. ISBN 978-3-7439-7364-0 und weitere

Teil 2: Glücklich in Finnland. ISBN 978-3-7439-7366-4 und weitere

Teil 3: Zurück in Deutschland. ISBN 978-3-7439-7368-8 und weitere

Zeitfracht Medien GmbH
Ferdinand-Jühlke-Straße 7
99095 Erfurt, Deutschland
produktsicherheit@kolibri360.de